三国气度：
大时代中的
个人命运

张佳玮———

著

GUANGXI NORMAL UNIVERSITY PRESS

广西师范大学出版社

·桂林·

目　录

第二乐章　成败

第三乐章　渔樵

第四乐章　笑谈

序 曲

所谓赤壁

读史有什么用呢?

清人王嵩儒《掌故零拾·卷一》:"本朝未入关之先,以翻译《三国演义》为兵略。"似乎清朝开国诸位,真喜欢读《三国演义》。读多了三国,甚至还能援引为例。雍正登基后,把两位帮他大忙的重臣年羹尧和隆科多都做掉。隆科多的罪名之一:"以圣祖升遐,隆科多未在上前,妄言身藏匕首以防不测;又自拟诸葛亮,奏称:白帝城受命之日,即死期将至之时。"——隆科多居然敢自比白帝城受托孤的诸葛亮,哼!这不,典故就用上了。

袁绍年少时,和曹操论说志向。那时他二位自不知道多年后要彼此角逐天下，说话仿佛如今学生在校园宿舍卧谈吹牛，百无禁忌。袁绍说他要占据河北执地利，南向争天下；曹操说他要任用天下智谋之士，无所不可。《傅子》补充道，曹操还多说一句："汤武之王，岂同土哉？若以险固为资，则不能应机而变化也。"——商汤、周武王这种圣贤，也不是一片土地出来的嘛；如果太依赖地利险固，就无法随心所欲地变化了。曹操读史多的优势，这时就显出来了：后来的历史演进，也果然如他所言。

　　说到史书上的曹操，绕不开赤壁之战。《三国演义》小说中，最铺张华丽的戏份，就是赤壁。一百二十回小说，描述了近百年的事。赤壁一战，从第四十四回一直打到第五十回，独占七回。若将前哨战和后续一并算进去，则从第三十四回刘备马跃檀溪，到第五十七回周瑜逝世卧龙吊丧，足足二十四回——全书五分之一的篇幅。且说，多少风流人物，在208年秋天到冬天这四个月间，经历了跌宕起伏？刘备携民渡江，赵云长坂突围，张飞横断长坂桥独退曹兵；诸葛亮渡江定盟，周瑜说服孙权，孙权挥剑斩案决意对抗曹操；群英会周瑜戏蒋干，诸葛亮草船借箭，黄盖献苦肉计，阚泽过江说曹操，庞统献连环，曹操横槊赋诗吟出《短歌行》；诸葛亮借东风，终于周瑜火烧赤壁成功，曹操奔走华容道，关云长义释曹操……每一个细节，都是绝妙的故事，耳熟能详。

　　这里有些故事是虚构的，比如草船借箭、借东风、献连环、华容道，显然是罗贯中试图为卧龙凤雏和关云长加点戏。有些人是被丑化的，比如历史上蒋干说周瑜是赤壁之战后的事了，且蒋干从头到尾没跌份儿，保持着风度，也没有偷回假书信，坑害自家的蔡瑁张允。但的确不妨说，大多数人都在这个激荡的舞台上，表现出了真实的一面。历史上，诸葛亮并没有草船借箭和借东风，但他出使劝孙权那段，是三国中举足轻重的时刻。此前的隆中对时，刘备有大略但缺想法，诸葛亮跟他提了：先取荆州，再取西川。就在刘备当阳败北时，诸葛亮主动请求去和孙权结盟，共击曹操。此后诸葛亮渡江与孙权谈判，大夸刘备手下还有两万以上的人力，要求孙权与刘备"协规同力"。之后就是赤壁一战成功。如果诸葛亮不在，刘备会怎样？依刘备一贯的做派，即便与孙权联手，他也很可能直接依附了孙权，成为孙权的客将——一如此前，他依附刘表、袁绍、曹操一样。而诸葛亮一直在给刘备争取自己的一方独立领土，事实上，也争取到了。

　　诸葛亮说孙权那段，深通孙权的心理，用了激将法。这其实很冒险。此前十年，曹操在他四十三岁到五十三岁之间，平定整个北方，纵横无敌。等曹操南下取荆州，刘琮不战而降，江对面的孙权比诸葛亮还小两岁。曹操自己已经看惯了不争气的小一辈：他平北方，袁绍几个儿子内讧；他平荆州，是刘表的儿子刘琮请降。所以曹操给孙权的书信，老气横秋，不无恫吓之意：我奉诏讨伐，刘琮已经投降；如今带水军八十万，"方与将军会猎于吴"。然而没能吓到刘备与孙权。

刘备这年四十七岁，已经老了，但坚韧不拔，以弱克强。与此同时，诸葛亮二十八岁，周瑜三十四岁，孙权二十六岁：一群年轻人血气之勇，就此对抗了五十三岁泰山压顶的曹操。我们如今知道结局，不觉得做这决定有多难；但当时孙权无法预知未来，全凭一腔豪气，要与曹操大战。我们也知道，赤壁战后两年，周瑜三十六岁，英年早逝。由此才显出赤壁那一战的火焰，恰如周瑜的人生，流星般璀璨明亮。

逝者如斯，历史对败者很容易一笔带过。设若赤壁赢的是曹操，则后世史书上，刘备不过是个四十七岁终于被灭掉的普通军阀，孙权是个二十六岁举国被端的少年诸侯，周瑜是个三十四岁不自量力的狂傲将军，诸葛亮是个二十八岁刚脱离躬耕生活一年多的地方谋士。在赤壁这宏大的背景下，本来都是小人物的他们改变了历史，并由此成了大人物。赤壁之后十三年，刘备称帝，诸葛亮为丞相；赤壁之后二十一年，孙权称帝。于是赤壁之战，成了他们帝王生涯的注脚与前因。

大多数时候，我们普通人无法左右历史潮流；所以回头重看赤壁，看这宏大历史节点上每一个人物的所作所为，如何让整个历史转向，会让人心生感慨。坚韧、勇敢、智慧与年轻的血性，对抗铺天盖地、经验丰富的老辣强者。星星之火，可以将长江点燃，让历史的风向，划向另一边。再小的个体，都可以改变历史。

这就是赤壁。

这也是三国的魅力。

第一乐章　英雄

曹操曾经的梦想

《三国演义》将曹操写成奸诈虚伪的奸臣，入木三分。历史上，曹操还复杂一些。鲁迅先生曾说："曹操是一个很有本事的人，至少是一个英雄，我虽不是曹操一党，但无论如何，总是非常佩服他。"

曹操爱读书，所谓"手不舍书"，而且会写诗，"登高必赋"，但他不是个迂腐读书人。他平时节俭，不好华丽，后宫不穿锦绣衣服，帷帐屏风坏了就贴个补丁，简朴素雅，不重威仪。不重威仪意味着，他私下里很是不羁，说话没轻没重，宴会上一脑门子扎进杯子里，也是有的。

另一方面，曹操不是个厚道人。不重威仪，是因为他不需要靠威仪吓唬人：直接杀就是了。史书说他持法严峻，老朋友都不放过。更可怕的是，他记仇。早先，袁忠当沛相时，曾想法办曹操，沛国的桓邵看不起曹操，陈留的边让为难过曹操。曹操将边让灭族，袁忠和桓邵吓得逃到岭南，曹操还是追杀不休。最后桓邵自首见曹操，下跪求告。至于《三国演义》里曹操小斛分粮杀粮官、纵马麦田断头发之类，也都是有的。《三国志》总结，曹操是"酷虐变诈"——严酷、残虐、机变、狡诈，就是他的性格。

然而曹操早年，也有非常理想化的一面。他五十六岁那年，交出了著名的《让县自明本志令》。这篇文章写得未必全是真情实感，但有些事很实在：说自己少年时，也不过想夏秋读书，冬春射猎；从军的理想也不过是封侯，死时墓碑上刻个征西将军就满足了。他后来因缘际会，位极人臣，已经过了自己的期望。

曹操早年是个任侠游荡少年，在洛阳当官时，也想过打击权贵，后来回到故乡躲起来，读书打猎。关东诸侯兴兵讨董卓——即小说里所谓的"十八路诸侯讨董卓"——也只有曹操跟孙坚认真进兵跟董卓决战，别家诸侯多怀私心，指望浑水摸鱼，割据自立。所以曹操生气："竖子不足与谋。"这句话，可算是奸雄曹操的开始。

后来史家都说，曹操挟天子以令诸侯。其实这个说法，最早出于袁绍麾下谋士沮授。沮授跟袁绍说：您家祖辈都侍奉天子，大家都知道您忠义；如今朝廷宗庙涂炭至此，没人去扶保天子，体恤百姓。您就去把天子迎到河北来，挟天子以令诸侯，蓄养士卒去讨伐不听话的，谁能挡啊！——然而袁绍没听。曹操呢？他的口号是"奉天子以令不臣"，侍奉天子，号令诸侯。

这就得说到曹操麾下最重要的人物荀彧了。荀彧乍看是曹操麾下首席谋士，但并不怎么跟曹操上战场。曹操身边的谋士，荀攸、贾诩、郭嘉等负责日常进言；荀彧常镇守后方，跟曹操通信。著名的官渡之战，曹操跟袁绍相持，比较困难，写信给荀彧问怎么办，荀彧跟他说，扼其喉而不得进已经半年了，应该用奇了，等等。

东汉时，汝南和颍川两地出名士。袁绍家就出自汝南，所谓四世三公，代代都要进中央；荀氏则是颍川大族。曹操迎了汉献帝后，荀彧成了尚书令，从此成了汉献帝与曹操之间的一道桥梁。之后荀彧又举荐了大批人物给曹操，诸如郭嘉、钟繇、陈群、司马懿、荀攸等，这批才子，构成了曹操手下一个颍川集团。由于荀彧的缘故，颍川成了曹操最关键的后台。官渡之战，荀彧可不只写信鼓励曹操，后来曹丕登基，很快就给颍川许多福利，理由是：官渡之战时，曹操麾下其他地方都不太使唤得动了；只有颍川，老弱都帮忙输送粮食。真是大魏的根本啊！

　　曹操打天下，有武的一手，他自己带兵能打；也有文的一手，那就是以荀彧为首的颍川集团。毕竟曹操的父亲曹嵩投托宦官门下，曹操自己被袁绍麾下陈琳骂成"赘阉遗丑"，在名士们那里很不吃香；但荀彧与他手下那批人，与汉朝天子一结合，形成了一个干部班子，这对其他诸侯门下那些名士诱惑极大。大概，荀彧高风亮节、世家公子的儒雅形象，是曹操真正的招牌；而他善于推荐人，至少在前期，令曹操大大受益。

　　直到讨灭袁家，统一北方，曹操和荀彧的合作都很成功。所以曹操平了北方后，录前后功劳，要给荀彧封万岁亭侯，表章的第一句就是：思虑智谋应该首先受赏，战争的功绩抵不上朝堂国家的勋劳啊！荀彧当然要推辞，但曹操给他写信表示：我和你共事以来，创立朝廷，你帮着匡弼时政，帮着举荐人才，帮着出谋划策，也真太多了！某种程度上，荀彧不是曹操的谋士，而是曹操的合伙人。他不只日理万机处理日常工作，还为曹操团结着一个能感召名士的中央。

　　然后，荀彧死了。《三国志》里明写，曹操要当魏公，荀彧不赞同；之后曹操南征，把荀彧留在寿春，荀彧忧虑而死；次年，曹操就当了魏公，"遂为魏公"。——其中意味，不难明白。各色注引与《后汉书》更细致述说，曹操给荀或送了个空盒子，暗示他自杀。然而荀彧之死，还有漫长前因。曹操平定北方后，都城许昌乃是荀彧大本营，参谋长则是荀彧的侄子荀攸，曹操未必多开心。之后，曹操就出了著名的求贤令，要求各色人等，无论品德如何，只要有才，就能当官。考虑到先前朝廷的干部都是荀彧的人，曹操这么做，大概是甩开荀彧与东汉老臣的班子，搞自己的班子了。所以荀彧自尽，动机其实也不难解释：他与曹操彼此扶持的关系，走到尽头了。

理一下时间序列：

196 年，曹操迎汉献帝于许昌，许昌成为他的大本营。荀彧任尚书令。此后曹操出征时，荀彧留守中央。

197 年，荀彧举荐钟繇单骑上任，镇抚关中西线。同时举荐了许多人，充实曹操的干部团队。

200 年，曹操杀国舅董承。

204 年，曹操定邺，自称冀州牧，大本营移到冀州，并试图恢复古九州制，荀彧劝阻了。

207 年，曹操加封荀彧千户，并想让荀彧别做尚书令了。荀彧接受了前者，拒绝了后者。

210 年，曹操颁布求贤令。

211 年，曹操让钟繇调动人马，马超韩遂起事，钟繇从此不再控制长安。

212 年，曹操谋为魏公，荀彧不赞同，曹操让荀彧离开许昌到谯，然后就是空盒子的故事，荀彧自尽。

许多看《三国演义》的，看到国舅董承谋曹操未遂，反被曹操杀死，董贵人也被绞杀，已经觉得曹操国贼杀国舅，真是大坏蛋。我不是说曹操做得对，但容我多说一句：董承未必有多好。按裴松之注《三国志·先主传》："董承，汉灵帝母董太后之侄，于献帝为丈人。盖古无丈人之名，故谓之舅也。"但卢弼《三国志集解》引赵一清："董承，故董卓婿牛辅部曲将，皇甫郦谓李傕曰：'近董公内有董旻承璜，以为鲠毒。'旻卓弟，璜亦卓兄子，则承必其支属。其后有功，献帝又以其女为贵人，故谓之舅邪？裴（松之）以承为董太后之侄，恐非。"又引钱仪吉："曹操之弑伏后，范书（范晔《后汉书》）《伏后纪》中备载其事；其杀董承夷三族，《董后纪》不书，盖承非后族也。"

大概裴松之认为董承是董太后的侄子，卢弼说董承是董卓的亲族，钱仪吉认为董承跟董太后无关。董承的身份颇为叵测。如果看董承的做派。按《后汉书·献帝伏皇后纪》："后手持缣数匹，董承使符节令孙徽以刃胁夺之，杀傍侍者，血溅后衣。"汉献帝和伏皇后狼狈时，皇后手里有些缣，董承派人拿刀威胁抢来，杀了皇后的侍者，血溅皇后的衣服。大概董承这个欺压皇后的做派，也不比曹操高明多少。

如此回想，大概荀彧也没的选：曹操自己后来说如果没有他，"不知几人称孤，几人称王"，也并非吹牛。大概荀彧不是不理解曹操的野心，还是只能继续跟曹操合伙，把各方野心家平定下去。最后不行了，以身殉汉。

范晔《后汉书》概括得很好："方时运之屯邅，非雄才无以济其溺，功高势强，则皇器自移矣。此又时之不可并也。盖取其归正而已，亦杀身以成仁之义也。"那会儿，荀彧不扶持个谁，没法阻止野心家们，也没法维持自己的家族；可是他扶持了曹操，最后曹操强大了，当然也会野心随实力膨胀。所以荀彧也没办法，时候到了，杀身成仁。

反过来，曹操的做派，其实自己也解释过。曹操在《让县自明本志令》里，除了说自己年少时的理想，还多了一段话。大意是：想要我交出兵权？没门。他强调自己一交出兵权，就会被人坑害。不能为了点不贪图功名的虚名，就让自己处于实祸之中啊！

　　欲孤便尔委捐所典兵众，以还执事，归就武平侯国，实不可也。何者？诚恐己离兵为人所祸也。既为子孙计，又己败则国家倾危，是以不得慕虚名而处实祸，此所不得为也。

曹操确实虚伪狡诈，但这几句话，算是道出了汉末大乱的核心逻辑：你死我活，不死不休，离了兵权，就会任人鱼肉。看看汉末诸侯的下场：大将军何进，死于宦官之手。张角，作乱而死。董卓，内乱而死。吕布，被擒杀。张杨，死于自己人之手。袁术，流离中病死。袁绍，战败后病死。公孙瓒，被攻破城池时杀尽满门。李傕、郭汜，部下传其首级……数不胜数。原冀州诸侯韩馥，已经跟了张邈，怕被出卖，自尽。张绣跟了曹操，正史说病死，《魏略》说是他担心自己得罪了曹丕，自尽。刘阿斗被捉去见司马昭，寄人篱下时，还说了著名的"此间乐，不思蜀也"。孙坚曾经归附袁术，被派遣到处打仗，最后也英年早逝。所以陈寿总结认为：刘备一辈子跟曹操对着干，其实也是为了避祸啊。

大概曹操年少时的理想，的确曾经是"奉天子以令不臣"：奉汉献帝，跟荀彧组团，把军阀扑灭。但慢慢地，曹操大概也发现了，他处在一个人吃人的时代，无数敌人与战友，都在说一套做一套。到他统一北方时，已经无法回头了。这时候如果放弃权力，就是一死；不放弃权力，那手下的人又都想要功名。所以，三十五岁的曹操想着讨平奸臣，四十五岁的曹操想着解决袁绍，五十五岁的曹操荡平北方，发现自己已经位极人臣，但权力也放弃不掉了；他曾经特别讨厌董卓，但敌对方说他成了新的董卓。他曾经的战友，荀彧、毛玠、崔琰，也一个个被他处理掉了。为什么曹操没法活成自己年轻时的样子？因为权力场你死我活的逻辑，上去了就下不来了。

曹操这"不能为了虚名就交权来让自己遭罪"，是坦率的大实话。后来孙权劝曹操称尊，曹操大笑：这小子要把我放在炉火上烤啊！被群下劝进时，他也表示：如果天命在我，我当周文王吧！这一连串坦率说话，将所谓虚名与天命，撕得干干净净。

大概这就是曹操这个乱世奸雄的心路：他也算是个有过任侠理想的人，也见识了乱世中多少人口不应心；自己使尽手段，"运筹演谋，鞭挞宇内""酷虐变诈"站到了巅峰，于是动辄大笑，不顾仪表，无视已有的规矩，坦率地表示了对所有规矩的不屑：所有的规矩都是假的，利益才是真的。

五子良将的性格与命运

　　曹操麾下,有所谓五子良将:张乐于张徐——张辽、乐进、于禁、张郃、徐晃。这五位,也真算是性格决定命运。

　　《三国演义》里有桥段,说关羽在曹营时,跟张辽关系不错。所以曹操收关羽,所谓"屯土山关羽约三事",是张辽去帮着劝的;后来华容道关羽放曹操,张辽也来说过情。徐晃和关羽关系也不错。后来徐晃去解樊城的围,关羽和徐晃见面聊天,聊完了,徐晃一回头,说斩了关羽,就有重赏!关羽吓坏了,说你怎么说翻脸就翻脸呢?徐晃说,这是国家之事!巧的是,关羽、张辽和徐晃都是山西人嘛!

　　张辽与关羽类似,胆大,有过传世的单骑突阵。比如解白马之围时,关羽曾经突入万军之中斩杀颜良。那场恰是关羽和张辽搭档出战；目睹关羽万军斩良得手，想必给张辽留下了深刻印象。

关羽是三国公认的熊虎之将万人敌，而张辽在当时曹魏的评价里，有所谓第一勇猛是曹仁，可以跟古代的勇士孟贲夏育比，第二就是张辽。关羽跟张辽，都曾独自跟对方将领见面谈判。关羽是单刀赴会见鲁肃，张辽是单独去见昌豨。他俩都有点桀骜不驯，跟同事关系不好。关羽是出了名的傲上而不忍下。张辽守合肥时，史书明确说他跟同事李典乐进关系都不好。他俩都爱护士卒。如此看来，关羽和张辽分别是刘备曹操麾下传奇名将，真也跟性格有关：骁勇善战，能打，胆大，爱护士卒，所向无敌。却也因为这点性格，不善于团结同僚。也难怪他俩意气相投了：真相似。

以及，关羽有万军之中斩颜良的神话，张辽则有所谓八百破十万的传说。公元 215 年，孙权会集大军，围了合肥，据说带了十万人，但这个数字，见于《三国志·张乐于张徐传》，《孙权传》自己没有。"八百破十万"这数字，出自曹丕的表彰诏书："合肥之役，辽、典以步卒八百，破贼十万，自古用兵，未之有也。"这种宣传表彰，数字要稍微打点折扣。十万这个数字，估计有水分。孙权他老人家亲自出来打仗，战绩着实不好看，张辽满宠文聘们都在孙权身上占过便宜。这不，孙策临终前都委婉地说了："若举江东之众，决机于两阵之间，与天下争衡，卿不如我；举贤任能，使各尽力以保江东，我不如卿。"——团结大家保卫国土我不行，临阵打仗调兵遣将你不行。

曹操这边，合肥是名臣刘馥苦心经营过的地方，很坚固。当日在合肥，张辽李典乐进三将并列。曹操先前给张辽们留过指示，写得简单：张辽李典出战，乐进负责守。张辽出来代曹操解释：这意思是，趁孙权没集合，突击他，破他的士气。最关键的细节是：李典认同张辽。李典的叔叔当年死于吕布之役，张辽又是吕布旧将；张辽和李典性格冲突，又素不和睦。这种时刻，李典果断认同张辽，实是好风度。于是指挥思想统一了，水到渠成了。

张辽招募八百勇士，吃牛肉，喝酒，天亮突击。张辽亲自突阵，杀数十人，斩二将，嚷着自己的名字，破阵而入，直到孙权麾下。可惜孙权逃得快，上了垒，还能指挥合围。于是张辽左右挥军，然后溃围而出，发现士兵陷落在后，杀回去救回来。这是个人勇武、自信和爱兵如子的完美体现。古代攻城，全靠士气。张辽这么来去自如，东吴士气自然全溃。之后围不下来，撤退。

吴国大军已经上路了，孙权、凌统他们一组人在后头。于是张辽逍遥津追击，差点活捉孙权。凌统亲自带三百人血战；甘宁亲自肉搏，怕士气低迷，还厉声问"鼓吹何以不作，壮气毅然"，打仗还不误了音乐；陈武战死；宋谦和徐盛都带了伤，手下兵马逃散；潘璋斩了几个逃兵，吴兵于是回来拼命；孙权上桥，发现有三米多长的断口，孙权手下的谷利于是给孙权上课，教他助跑："持鞍缓控，利于后着鞭，以助马势，遂得超度。"孙权过桥去了，大家再分头回来——凌统最惨，手下三百人全部战死，自己潜水游回来的。

《献帝春秋》说，张辽问东吴降兵：有个紫髯将军，长上短下（孙权这身材比例真差）、便马善射（孙权爱打猎，所以骑术射术应该不差），是谁？降卒答曰："是孙会稽。"——就是孙权了。张辽听了，顿感可惜。

话说，《三国志·张乐于张徐传》里，这一句话，气象万千："辽叱权下战，权不敢动。"想象合肥城下，四十六岁的张辽，自早晨杀到中午，血溅盔甲挥长戟，指着孙权圆睁双目，用山西话吼：你下来！一对一！当年三十三岁，身披虎皮，平时打猎胆子特别大，张昭怎么劝都不听的孙权，只能缩着不动。就在六年前，张辽搞定陈兰梅成时，对麾下说："所谓一与一，勇者得前。"——狭路相逢勇者胜。在离生死之际最近的时刻，就看谁更勇一点了。

徐晃跟关羽、张辽一样，也是山西人。但他的打法与关羽张辽有所不同。官渡之战，徐晃曾经带骑兵截了袁绍在故市的粮草，这风格也是剽悍凶猛。曹操打马超的时候，徐晃带四千人渡黄河，到马超侧后方去，也是胆大深入。但大胆的另一面是，徐晃待士兵颇为严格，当时有个说法叫"不得饷，属徐晃"。大概跟着徐晃得不了好。与此同时，徐晃的打法比较持重。当日曹仁被关羽围在樊城，于禁被关羽水淹七军干掉了。离曹仁最近的是徐晃。但徐晃不肯贸然去救曹仁，要等到十二营的援军到了，手下将领都急了，他才出手。乍看磨磨唧唧，但他一开打，逼关羽决战。如今有个成语"长驱直入"，就源于这一战的徐晃。

大概徐晃不打没把握的仗，所以长期功劳不冒尖；但一有把握就剽悍凶猛，咬住不放。曹操评价他有西汉名将周亚夫之风，也是恰当的夸奖。周亚夫也是治军严格，也曾有过坐观自家被围攻而持重不救，最后一击得手的传奇：曹操真也是会举例。《三国志》作者陈寿说徐晃的风格是"畏慎"：地位不是最高，但从来没输过。性格决定命运。

这就要说到五子良将里最可怜的一位了：于禁。历史上，于禁地位挺高，而且很靠谱。曹操宛城战败时，大儿子曹昂和爱将典韦都战死了，于禁冒着被人诬告的危险，组织了防御，控制了局面，当时曹操夸他的作风，犹如古代名将。后来曹操征讨袁绍时，以少打多，于禁自愿为前部先锋，守在延津对抗袁绍。刘备在徐州闹事，曹操去打徐州，袁绍乘机打于禁，于禁死守，还来得及跟乐进们打袁绍其他营地，拿下两个县，烧了三十多屯，斩首获生几千，捉了袁绍手下二十几个将领。之后曹操跟袁绍在官渡对着干，建起土山，箭如雨下，于禁亲自督阵，气派十足。

这段故事里，可见于禁胆略、曹操信任：毕竟，曹操不轻易让外姓将领独自领军。当日于禁被称道的，是他法度严谨，不劫掠，不贪财。宛城之战诸军多溃，他还能维持秩序。所以曹操出征，于禁总是先锋；撤军时，于禁是断后：很可靠。在被水淹七军前，于禁是曹操手下非本家将军里，地位最高的了：假节钺，左将军，最可靠的部队。当然您也可以想象：这种严谨的人，容易获得的是敬畏，而非热爱。

然而跟了曹操三十年的老将于禁，输给关羽后，投降了。刚投降曹操不久的庞德，不肯投降，死了。曹操就不高兴了，念叨：我认识于禁三十年，怎么到了危急关头，反而不如庞德呢！这话很要命。于禁在临难时没有死，但从此生不如死。他被关羽俘虏；等吕蒙偷袭荆州后，他又成了东吴的宾客。正史说他与孙权出去晃荡时，被东吴名臣虞翻当面斥责，真是尊严扫地。于禁后来归去魏国时，须发皓白。可是他还是没有一个好收场：曹丕没有放过他。连死都让他死得很屈辱，硬生生把于禁给羞辱死了。

曹操对于禁投降的不满，倒也可以理解：如曹操自己所说，于禁跟了他三十几年了；于禁被擒时是左将军，假节钺。大概曹操觉得，你这么投降，我很没面子啊！

于禁的特色是刚毅稳重，非常的严格。年轻时越刚毅正经、一丝不苟、执法严明的人，老来只要一个晚节不保，就越是形象扫地，无可挽回吧。

这方面的另一个案例：五子良将中最不要命的乐进。

话说，读《三国志》中乐进的传记，颇为枯燥：说乐进字文谦，阳平卫国人，个子小，胆子烈。然后是一连串的战绩罗列：从击吕布、张超和桥蕤，皆先登有功，封广昌亭侯；从征张绣，围吕布，攻刘备，皆破之；从击袁绍袁谭袁尚……"皆先登""皆破之"，一连串胜利战绩。最著名的传奇时刻：曹操在命运转折点的官渡之战，奔袭乌巢，是乐进部斩杀了袁绍大将淳于琼。这就是乐进枯燥无味的战历：从一个胜利走向另一个胜利。不要命地先登破敌，从吕布打到刘备打到袁绍，连曹操都赞美他"奋强突固，无坚不陷"。

然而陈寿在《三国志》里却评点乐进："以骁果显名，而鉴其行事，未副所闻。或注记有遗漏，未如张辽、徐晃之备详也。"——乐进以骁勇果毅扬名，但看他的事迹，名不副实，大概是记录有遗漏吧？之前明明胜局如云，怎会说他名不副实？大概是因为，乐进的壮举，多是"从征"，跟着曹操打。需要他独立领兵时，比如壶关大战高干，就打不下，需要曹操自己来解决问题了。

更有趣的是：如前所述，张辽李典与乐进在合肥击走孙权，张辽和李典都有显著封赏，乐进没有。大概，以骁勇闻名的乐进，在这传奇一战没出彩？可能又要扯到关羽了：刘备入蜀后，坐镇江陵的就是关羽。乐进在江陵以北的襄阳，与关羽发生摩擦。《三国志》乐进本传说，他讨了刘备的临沮长、旌阳长。留屯襄阳期间，击走了关羽和苏飞。刘备当时还跟刘璋写信，说关羽与乐进在青泥相拒。然而关羽和乐进之战的胜负如何？不知道。只说结果：213年前后，乐进去了东线，与张辽李典等七千人合作屯合肥，没升职。荆州则由曹仁行征南将军、假节，屯在汉水北的樊，而非汉水南的襄阳，防守后撤了。显然，乐进没在关羽这里讨到便宜。

大概，乐进生涯早期，靠不要命的骁勇扬名，但后期需要自己独自领军时，对关羽就不尽如人意，到合肥去还落后于张辽和李典。一个百战老兵，前期出生入死，后期黯淡了，就被史家指摘名不副实，细想甚是苍凉。

五子良将里活到最后的一个将军——张郃。按照他在《三国志》里活动的年表，战斗经历接近半个世纪。众所周知，官渡之战时，他身为袁绍麾下，投降了曹操；之后在诸葛亮第一次北伐时，街亭击败过马谡，逼得诸葛亮退兵。史书说张郃非常"巧变"，就是机巧多变，善于把握地形，连诸葛亮都忌惮他。

巧变有啥好的呢？官渡之战，张郃很适时地投降了曹操，所以立刻封侯，地位非常高。他一生最大的一次败北，是跟张飞作战输了：但他当时，在极狭窄的地形下，迅速地撤离了，没有战死。所以张郃实在是非常狡猾巧变：能在战场纵横半个世纪的人嘛。

哪怕到最后，他被诸葛亮射死，也不全是他的责任：诸葛亮第四次北伐中原时退兵，张郃老奸巨猾不肯追，长官司马懿要他追，追追追，张郃膝盖中了一箭。

直到最后死掉，张郃的判断都是正确的。所以五子良将里，他活到了最后。大概，到最后活得最长的，往往不是最猛的，不是最刚毅的，而是最善于机变、最谨慎的呀。

袁绍，真正的第四人

三国君主，曹、刘、孙。曹操从来不真把孙权放在眼里。"生子当如孙仲谋！""是儿欲使吾居炉火之上耶！"把孙权当后生晚辈。他认刘备是他的对手，所以也说过："刘备，吾俦也。"陈寿写《三国志》时，也说刘备折而不挠，只是机权干略不如曹操，基业难免也小了点，但终究是放一起讨论的。刘备年近五十，还在当阳被五十四岁的曹操追杀；汉中决战时，曹操六十四五岁，刘备也快六十了：同龄人。

但曹操真正的对手，还不止刘备。我们读史书，都知道三国著名战役，一个官渡，一个赤壁。官渡决定了黄河两边的命运，赤壁让曹操停步于长江。则曹操的天大优势，乃至曹魏基业，说是在官渡奠定的，也没错。

是了，曹操最大的对手，实是官渡之战，与他交手的袁绍。

《三国演义》说当时故事，多集中在曹操、刘备、孙策视角。很容易让人觉得，曹操在河南山东一带打吕布打袁术打张绣，打得差不多了，然后以弱克强打败了庞大的袁绍，真励志！然而袁绍先前是怎么变强的？曹操的河南山东那片基业，是自己打出来的。袁绍的河北，当然也不是凭空来的。又《三国演义》及许多其他三国题材衍生作品，都容易将袁绍描述成这样子：纨绔富二代，靠祖宗吃饭，浮夸，跋扈，土豪，曹操的配角，"四世三公"。这个脸谱，其实有点偏差。

袁绍的亲爸爸是谁，就有说道。《后汉书》说袁绍爸爸是五官中郎将袁成，《魏书》说他亲爸是司空袁逢，袁绍是庶子，去给袁成当儿子了。反正，比起袁逢的正牌儿子袁术，袁绍起点不算高：古代极重嫡庶嘛。同样是袁家的孩子，袁术是"举孝廉，除郎中，历职内外"，典型富贵人家小孩的出身。袁绍则是从小帅气，能聚众；父母过世，他守孝补孝；他还帮衬同时代很多士人，是个从小聚人气的孩子。当时宦官看袁绍不爽，说他"不应呼召而养死士"，不知道是不是有图谋。于是袁绍去给大将军何进当手下。

庶子出身，年纪轻轻就蠢蠢欲动有想法，当时评价挺高，宦官都忌惮了——可见袁绍并不纯是赖着祖宗混的，天生是个野心家。他也真算是自强不息。按《后汉书》的说法，公孙瓒曾骂袁绍："绍母亲为傅婢，地实微贱，据职高重，享福丰隆。有苟进之志，无虚退之心，绍罪九也。"——你妈妈出身那么低，你怎么还敢这么努力，不想着谦虚呢？

如上所述，袁绍出身不及袁术，但实在有出息，弯道超车，等袁绍地位反超袁术时，袁术还不高兴，辞职了："袁绍辟大将军府，不得已起从命，举高第，迁侍御史。弟术为尚书诏，不欲为台下，告疾求退。"

比起袁术那路中饿鬼的跋扈架势，袁绍属于默默努力型，但野心从来不小。袁绍从小养死士，后来又跟盖勋与刘虞合谋除宦官。到升任司隶校尉时，参与谋划引外军入洛，实在也是个枭雄。之后就是袁绍命运的转折点：何进与宦官一起完蛋，东汉大乱，董卓入京，袁绍出奔。

众所周知，一般都说东汉末年大乱，是何进、宦官、董卓们一锅炖。但若说是袁绍帮着搅乱、掀了东汉的桌子，让乱世开始，也不为过。历来都说曹操是乱世奸雄，其实袁绍何尝不是？看看袁绍的操作：聚人、搞阴谋、召众将、对付太后……何进都听着呢。《后汉书·何进传》写："因复博征智谋之士逢纪、何颙、荀攸等，与同腹心……绍等又为画策，多召四方猛将及诸豪杰，使并引兵向京城，以胁太后。进然之。"

袁绍是从小有心思，也确实上进的枭雄。从结果上来说，他将东汉朝混乱的方向推了一把。至于他心思深到什么地步，是不是故意搞乱天下，来让自己争霸，那只有天知道。总之：到汉末大乱时，袁绍即便不是阴谋家，也绝不是躺在功劳簿上吃祖先余荫的好好先生。他能得人推戴，一半是出身，一半也是个人努力。后来诸侯反董时，曹操、孙坚还去与董卓交战，袁绍们却在关东作壁上观。从结果来看，甚至可以猜测：袁绍一开始就试图搞乱汉朝，想在河北自立——也不算太冤枉他。

再说袁绍的性格。所有史书都说，袁绍姿貌宏雅，喜怒不形于色，威仪端正，对任何人都有礼貌，所以许多人都肯跟他。郭嘉后来当着曹操的面说袁绍不好，也只好这么挑刺："绍见人饥寒，恤念之，形于颜色；其所不见，虑或不及。"——大概袁绍看到人饥寒，就很肯帮忙；看不见的，就不管了。这后一句，实在有点苛求了，看不见的怎么管呢？由此可见，连骂袁绍的郭嘉都承认，袁绍是很能得人心的。

如此，曹操、荀彧和荀攸虽然都说袁绍外宽内忌，但也基本承认：袁绍宽厚有恩，倾心折节。不只对手下，对百姓也不错。后来袁绍死了，河北老百姓都哭，所谓"绍为人政宽，百姓德之。河北士女莫不伤怨，市巷挥泪，如或丧亲"。

如此，袁绍这种大家庭里出身的庶子，努力上进，又得人心；出奔河北后，聚起人来，施展手段：袁绍忽悠公孙瓒，施压韩馥，自领冀州牧，再就是一路打了：界桥、阳城、黑山、龙凑。这些战绩现在不著名，是因为我们说三国，多是曹刘孙视角。但袁绍的河北四州地盘，也不是天上掉下来的。

有趣的是，虽然袁绍和曹操最后官渡对决，但官渡之战之前，其实是袁绍河北、曹操河南，两人背靠背形成联盟，甚至有段时间，曹操可算是袁绍的小弟，俩人联手对抗北边的公孙瓒、南边的袁术刘表、东边的陶谦（与后来的刘备吕布）。匡亭之战，袁绍跟曹操一起打跑了袁术。后来又扫荡黑山军——也就是这一战，出了"人中吕布马中赤兔"的传奇。

之后袁绍又打东郡克臧洪，与公孙瓒交战多年，最后灭掉公孙瓒拿下幽州，太行山大战公孙续和张燕。到官渡之战前，袁绍有河北之地，当时大概天下最强了。曹操虽然有郭嘉十胜十败论、荀彧的各色鼓励和情报，但他自己在《让县自明本志令》里说："及至袁绍据河北，兵势强盛，孤自度势，实不敌之。"所以，直到官渡之战，袁绍是靠背景和实力硬生生打出河北天下的枭雄。那时天下，真仿佛会是他的了。

然后出了扭转曹操命运的官渡之战。

众所周知，官渡之战是袁曹对决的转折点，但这里有个细节：官渡之战，是河北的袁绍渡过黄河，去打河南的曹操。隔年还有仓亭之战，还是袁绍渡河打曹操。仓亭之战后不久，袁绍病死了，儿子们分崩，曹操北上。

大概袁绍死之前，袁曹之战一直是袁绍攻、曹操守。官渡之战后，曹操又花了七年时间平定北方。就像赤壁之战并没让曹操垮掉，只是阻止了他的统一大业，官渡之战其实并不是曹操统一北方之战，更像是曹操阻止了袁绍的南进，改变了曹袁势力对比。袁绍的真正问题，其实还是自己死得早：儿子们一散，问题暴露啦。但在袁绍死前，他始终是曹操最大的对手。

曹操、荀彧、荀攸、程昱、郭嘉等人都说：袁绍为人宽，但好谋无决。宽缓，但是"迟"。曹操说袁绍"兵多而分画不明，将骄而政令不一"，荀彧说袁绍的军队没有军法。归根结底一句话：人多，但慢，凝聚力差。大概，袁绍的个人魅力，让他能团结许多人，百姓也喜欢他；但也是这点性格，让他对待手下人，对待儿子，对待军队，都不够严明。

所以规模大了、人员杂了，就头疼。

好玩的是，刘晔后来说刘备，也用了这个字：有度而"迟"。大概曹操自己是严明果决型，所以看任何对手都觉得不够狠。他自己是敢赌的：荀彧在官渡期间给曹操写信，劝他果断用奇，把袁绍端了。

当然，袁绍与刘备也有不同。袁绍（以及刘表）好在背景姿貌都迷人。袁绍性格还很好，各阶层的人都能吸引。但规模一大，处理关系就不大对了，而对内关系，袁绍也没像刘备那么待人推心置腹。大概这就是曹操所谓的"袁绍外宽内忌"了。在官渡之战里，袁绍跟曹操耗，耗到许攸出奔、曹操袭乌巢、张郃投降；之后袁绍一死，儿子们自己撕起来了。

大概，这就是袁绍了：门第很高，但出身不如袁术；从小有野心，也自强不息，间接搞乱了东汉；出奔聚人，攻伐演谋，拿下河北之地，一度是天下最强。为人宽厚，但不太严明；野心大，但似乎搞不定太复杂的派系，搞不定太琐碎的人事关系，因此凝聚力和战斗力也就不如严明紧凑狠辣的曹操，结果得天下未遂。最后身体不行，死了。

如果官渡是袁绍胜了，而且他再多活两年，荡定兖豫司徐，那就轮到他统一北方了，估计现在史书就不会说袁绍"外宽而内忌"，而是反过来一窝蜂说曹操"暴谲寡恩""多行不义"之类。史书从来是胜利者书写嘛。

老版电视剧《三国演义》里，曹操去给袁绍祭墓，加戏加得绝妙。曹操让陈琳在袁绍墓前，将骂他的檄文再读一遍。众将反对，曹操道：

> 念！为何不念？当年此文传至许都，我方患头风，卧病在床。此文读过，毛骨悚然，一身冷汗，不觉头风顿愈，才能自引大军二十万，进黎阳、拒袁绍，与其决一死战。真乃檄文如箭！此箭一发，却又引得多少壮士尸陈沙场，魂归西天。我曹操不受此箭，壮士安能招魂入土，夜枕青山！星光殷殷，其灿如言，不念此文，操安能以血补天哉！

这段话豪迈灿烂，是魏武的气度。但在此之前，是这么一段真情流露的表白：

> 昔日我与本初共同起兵时，本初曾问我：若事不济，方面何所可据？我问之曰：足下意欲如何？本初曰：我南据河，北阻燕、代，兼沙漠之众，南向以争天下，庶可以济乎？我答曰：我任天下之智力，以道御之，无所不可。此言如昨，而今本初已亡，我……我

不能不为流涕也！

当初的对话，简直就是早早预言了他们的命运啊！

以结果论，刘孙都比袁绍活得长，也建国立业称帝了；但若以时势论，巅峰期的袁绍实在才是曹操最强的对手。俩人都跟士人有瓜葛，但一个庶子豪侠，一个赘阉遗丑，俩人能闯出来，也都是努力奋斗过来的。

公元 200 年之后，是三国鼎立的故事了：刘备入主西川，孙权自擅江表，各有传奇的一面。但在 189—200 年，故事主旋律其实可说是：袁绍曹操这对朋友，先是各自背靠黄河，联手抵御天下强敌。最后回过头来，彼此一决高下，赌注是整个北方以及天下霸主之权。终于袁绍吐血，曹操渡河；袁绍的儿媳妇成了曹操的儿媳妇；袁绍曾经的核心邺，成了曹操魏王国奠基之处，还立起了铜雀台。

年轻时他们俩曾经合伙去别家抢新娘，谁知道那时玩闹的伙伴，最后会在官渡，玩抢天下的游戏呢？

如何描述刘备

许多《三国演义》的读者，对刘备有个误会：他爱哭。实际上《三国志·先主传》里，只有一处描写刘备哭：曹操南袭荆州，荆州老大刘表已死，刘表的儿子刘琮要投降。寄居在刘表处的刘备被各色人等建议：先取荆州，对抗曹操。刘备不肯，去找刘琮谈，刘琮不见他，刘琮手下许多人就此跟刘备而去。刘备去辞别了刘表墓，哭了，走了。到当阳，十余万人跟着刘备走，日行十余里，背后是曹操精骑一日一夜行三百里追杀而来。怎么看，刘备这都是自杀行为。是所谓携民渡江。刘备之前辞别刘表墓时的眼泪，与带这十万人同行的刚毅，恰成对比。是为刘备。

刘备爱哭，大概算《三国演义》的刻画失误。鲁迅先生说《三国演义》的疏失："欲显刘备之长厚而似伪，状诸葛之多智而近妖。"说得是。但也难怪，毕竟《三国演义》是小说，面向的读者是老百姓。罗贯中是个好小说家，然而无法在面向百姓的小说里，描述诸葛亮如何用心平而劝诫明，如何有抚民之干、理戎之才，只好让诸葛亮没事放个火、禳个星、借个东风、玩个锦囊，成了个呼风唤雨的妖道。同理，罗贯中很难描述刘备之仁，只好让他到处哭鼻子、丢孩子、打仗靠兄弟、没事装孙子。以至于看《三国演义》多的人都会觉得，刘备的天下，那是哭出来的。然而并非如此。

对历史人物的评价，往往受制于评论者当时的立场。像《三国志》是晋初问世，陈寿没法大夸刘备。但再晚一些时间，裴松之为《三国志》作注时，提及常璩和习凿齿对刘备的态度，那就友好多了。到北宋，司马光写《资治通鉴》，以魏为正统，对刘备又是另一个态度，认为不算名正言顺，不能真算汉朝遗统。而近代如吕思勉先生颇为推崇曹操，觉得刘备取蜀，机谋多而正义少。各自都有所处年代与背景的缘由。

就算回到汉末三国那时代，刘备的评价也很多变。袁绍说刘备"弘雅有信义"，可吕布临死前气急败坏，骂刘备"是儿最叵信者"。所以刘备到底有没有信义？张松跟刘璋吹刘备"善用兵"，可是赵戬又说刘备"拙于用兵，每战则败"。所以刘备到底会不会打仗？以成败论英雄、把一个人当符号、把一个人当人，看出来是不同的。

刘备有个特点：当时熟他的人和不熟他的人，评价经常大不同。大概就是所谓百闻不如一见吧。熟人看的是刘备这个人，不熟的人看的是他做的事。常璩说"先主名微人鲜"，刘备并不是在名士圈里有名气的人，实在得靠自己的作为来争名气。刘备早期到处帮忙，孔融求救于他时，他曾说一句"孔北海乃复知天下有刘备邪？"——孔北海还知道天下有个刘备啊？细想来是有点酸楚的。

后来刘备人到中年，事业不算成功，但名闻天下，所谓"有英名"，实在是自己争出来的。他依附曹操时还无所成，但个人魅力在，曹操看得出来："天下英雄，唯使君与操耳。"周瑜未见刘备时，也没对他有什么评价；与刘备于赤壁并力破曹之后，就跟孙权说了，刘备不简单："刘备以枭雄之姿，而有关羽、张飞熊虎之将，必非久屈为人用者。"傅干回答赵戬的"拙于用兵，每战则败"，也是这么说的："刘备宽仁有度，能得人死力。"程昱、郭嘉也都在刘备还无所成时，已经意识到了"刘备有雄才而得众心"。大概越到后来，刘备的坚韧、仁厚、度量和用人，越被天下所认同。事后也证明，他就是靠百折不挠和大度用人，鼎足三分。

刘备当然也有缺点，曹操自己作为死敌，承认刘备的同时也要贬一句："刘备，吾俦也。但得计少晚。"刘晔作为曹魏谋士，说得更直接："有度而迟。"陈寿在《三国志》里也明白说刘备"弘毅宽厚"，很像刘邦，是英雄之器——刘邦出了名的"善将将"，这里还是强调刘备能用人——但"机权干略，不逮魏武"，大概刘备论机变权谋，不如曹操，这也符合曹操说他"得计少晚"，刘晔说他"有度而迟"。

抛开各色极端评价，则刘备的历史形象大概是：善用人、有大度、仁厚坚韧，机变权谋稍微慢一拍。刘备不算个读书人，喜欢结交豪侠。刘备的哥们儿关羽张飞，也都是闯社会的热血男儿。当时，如关张这样追慕刘备的热血汉子真不少。都说刘备不喜欢读书，喜欢声色犬马、听音乐、漂亮衣服，不爱说话，喜怒不形于色。刘备麾下有个彭羕，后来劝马超闹事时，如此说刘备："老革荒悖。"老革，老兵油子是也。骨子里，刘备是个游侠，是个老兵。能打，积极，坚韧，靠谱，省心，讲原则。你给他兵，他帮你拼命。

黄巾起，州郡举义兵。刘备跟着校尉邹靖讨黄巾，有功，当了安喜尉。他能当官，是实打实的军功。《典略》说，"平原刘子平知备有武勇"。反而刘备一开始不太懂官场，还打了督邮（在小说里，罗贯中把这故事让给了张飞），一度要倒霉；后来靠着下邳军功，又当了下密丞。刘备跟了公孙瓒，被"使与青州刺史田楷以拒冀州牧袁绍"，因为数有战功，"试守平原令，后领平原相"。这段经历是刘备一生缩影：公孙瓒用刘备，派他去打，他去了，打得积极，那就试用吧，一用，还就离不开了。一般雇佣兵都会出工不出力，见利忘义搞背刺。但刘备不，还打得很卖力。这么好用，谁不喜欢？

刘备还有点游侠性质。曹操打陶谦，搞屠城；田楷和刘备去救，陶谦给刘备四千丹阳兵，刘备就帮助陶谦，屯军小沛。陶谦死，糜竺陈登们一起扶持了刘备。这是游侠第一次翻身做主人。不是刘备夺陶谦的地盘，纯粹是人太好了，陶谦临死前都觉得非刘玄德不可定徐州，糜竺陈登这些本地人也觉得刘备是乱世一股清流。之后刘备和当时豪强袁术相持，被吕布打了，困难之际，还是灭了杨奉韩暹。之后他跟吕布开打，去跟了曹操。曹操一看好啊，"益与兵使东击布"。给刘备兵，让他打吕布去了。吕布没了，刘备又跟了曹操一段，东奔脱离。曹操打了刘备，刘备去投奔袁绍。袁绍派人一路迎接，亲自出来二百里见刘备。袁绍也觉得刘备好用，于是"遣先主将兵与辟等略许下"，"遣先主将本兵复至汝南"。还是老样子，让刘备带兵，派他去打曹操，还是艰难的敌后作战。刘备去了，击杀了曹操军的蔡阳。曹操破了袁绍，才回头亲自击刘备。大概，曹操不亲来，刘备就是难对付，打也打不灭。与此同时，刘备很顽强。一般军队打散了，离了地方，就完蛋了。刘备被吕布和曹操打散过，还能重聚人力，重新打起。还有人专门跑回刘备身边，重塑队伍。

刘备跑路去刘表处，刘表和袁绍一样，远来迎接。于是刘备再成了刘表的麾下，"益其兵，使屯新野"。所以了，无论公孙瓒、陶谦、曹操、袁绍还是刘表，看到刘备，都是"益其兵，使 / 遣刘备"。刘备在刘表麾下期间，在博望击败了夏侯惇和于禁（小说里安排给诸葛亮了）。刘表死，刘备也没乘机吞荆州：他是对得起刘表的。

后来孙权与刘备合力赢了赤壁，打南郡时，刘备和周瑜也配合不错。还有关羽绝北道，张飞加一千人调拨给周瑜使用，换周瑜二千人这种玩法。这么讲配合的队友，谁不喜欢？也就是那段合作后，周瑜写信给孙权，说刘备枭雄，关张熊虎之将，将来不得了。周瑜的眼光，也是深远的。

后来刘备与刘琦在荆襄合力扩张，势力起来，是为刘备慢慢自有基业之始。孙权觉得刘备厉害，才许嫁了妹子，大概还是想利用刘备。孙权想让刘备攻蜀地，殷观劝刘备别去："若为吴先驱，进未能克蜀，退为吴所乘，即事去矣。"在孙权的规划里，刘备也还是个先驱炮灰吧。纵观刘备三十年带兵生涯，基本上都是被"使"，被"遣"。被公孙瓒、陶谦、曹操、袁绍、刘表们派来派去，但不怠工，不背刺，不在盟友还活着时搞阴谋诡计，信义素著。打散了重聚，从北方打到南方，老游击队长。终于张松和法正劝西川刘璋，说刘备"善用兵，若使之讨鲁，鲁必破"。又是"使"。于是刘璋给兵（四千人）给钱（以巨亿计），让刘备去打张鲁。只这一次，刘备不急着打张鲁了。"未即讨鲁，厚树恩德，以收众心。"三十年老兵，第一次动了心思。然后就是刘备求救东行，刘璋不肯再发兵，于是刘备取蜀。从此，刘备创业了。

大概，除了刘璋，刘备没坑过哪个自家人；最后取了蜀，也没加害刘璋。在那个动辄背刺、翻脸比翻书还快的时代，刘备事实上就是最仗义的游侠，最靠谱好用的老兵。比起吕布——王夫之先生有所谓"吕布不死，天下无可定乱之机"——这样难以预测的反复无常之辈，刘备实在太靠谱了。

众所周知，乱世的军人经常唯利是图，打仗之外，涂炭黎民是常事。反正糟蹋的是自己雇主的名声。比如潘璋给孙权打工，就把军队搞得跟交易市场似的，孙权也没办法。但刘备不屠不掳，定乱平难。对盟友而言是好兵，对人民而言是大侠。所以刘表死，曹操南征，刘备要跑路，十万人跟着他走，用脚投票。从"孔北海乃复知天下有刘备邪"，到"琮左右及荆州人多归先主。比到当阳，众十余万"。刘备依然没有基业，但声名信义在，一路屡败屡战，散了又聚，硬生生打出来了。将来刘备的基础，实在不是蜀这片地盘，而是多年累积起来的，百折不挠的声名。

还是说回携民渡江。刘备在刘表麾下数年，刘表对他不算坏，但也不算好。按说刘备不欠刘琮什么，诸葛亮劝他直接打刘琮夺荆州，他却说："不忍心。"生死之际，还是没对刘琮下手，还去辞别刘表墓，流了眼泪。这就是史书里，刘备仅有的一次哭泣。荆州即将归属曹操，十余万人愿意背井离乡跟刘备走；古代人安土重迁，为什么肯跟刘备走？因为他仁义。刘备回馈了这份仁义：他跟着大家一起走，日行十余里。即便曹操在背后追杀他。这就是仁，善良、敦厚、质朴的心。当然，也有点迂腐。

所以刘备不是个好脾气的乖孩子，他也打人，但大体是仁义的，讲义气，待人好。他没有曹操那样的大战略规划才能，但局部战场非常能打。在遇到诸葛亮之前，刘备纵横中原。公孙瓒、陶谦、吕布、曹操、刘表各家诸侯，都希望他当自家雇佣兵。后来刘备与诸葛亮相遇，按照《隆中对》，先取荆州再取西川，有了自己的基业，那就厉害了。赤壁和汉中，曹操没再能占他便宜。

刘备起家很晚很晚，从河北到山东，从河南到湖北，从湖南到四川，到处跑。但他对老部下，不管是河北的山东的，河南的湖北的，湖南的四川的，都不离不弃。关羽死了，他起兵为关羽报仇。自己要死了，什么都交托给诸葛亮。黄权被迫投降别国了，他也不计较，还体谅黄权的苦处。糜竺的弟弟糜芳出卖了荆州，刘备也没追究糜竺。魏延出身行伍，照样有机会升高位。黄忠有大功，甚至被刘备提拔到与关羽马超并列。蒋琬一度工作不努力，但只要有宰相之才，他还是能用好你。刘备会直白地表露对虚名之士如许靖的不满，毕竟手下多是中下层上来的普通人。跟着他，难富贵，很危险，要到处跑，你能落得个跟领导同甘共苦，而且得个善终，不用担心他在你死后说什么便宜话。

大概，刘备是龟兔赛跑的乌龟性格：反应不快，但百折不挠，一步一步地往前爬。这种性格注定刘备无法获得巨大成功，但也是这种性格，注定刘备不会轻易被打趴下。所以他四十六岁之后才腾飞，十年之后三足鼎立，六十一岁登基当皇帝。刘备人生前期的颠沛流离，以及后来的厚积薄发，都在他的性格上了：有度而迟。因为迟钝不够狠，所以要颠沛流离；因为有度量不够狠，所以才有人缘，能积攒出老来的成功。刘备这几个特色，在三国时已形成大致基本认同，后世也一直没怎么变。至于后世吐槽刘备的，大多集中于对一个统治者的要求。如苏洵苏辙说刘备时，也都认为刘备有天下之度量，而无取天下之才。依然是刘晔那句"有度而迟"。

妙在这个"有度而迟",确实拖了刘备争天下的后腿,反而可能成就了刘备个人的另一个特色:他不是一个完美的政客,但他似乎是个好人。像他不忍取荆州、携民渡江、为了关羽征吴,这些举措从弱肉强食成王败寇的角度看,都不能算聪明,没给他带来什么实际的利益。但凡从历史大人物的角度出发,都会觉得刘备欠缺一点。毕竟从各色成王败寇的大历史角度,曹操实是三国这个时代的主角。《资治通鉴》都站了魏角度,朱敬则也只把刘备当个边陲割据者。

但换个角度看不袭荆州、携民渡江,刘备这么做,的确放弃了最好的求生之路;但刘备却表示:做大事必以人为本,百姓跟着我,我怎么忍心抛弃他们!后来习凿齿认为:"先主虽颠沛险难而信义愈明,势逼事危而言不失道。"大概,颠沛流离时候还讲信义,情势危难时也不掉链子。沧海横流方见英雄本色。刘备自己生死之际,还是个君子,那就是真君子,不是伪君子了。

于是对民间而言,就会觉得,刘备是个坚韧的好人。他与他的战友们组成了一个坚韧、真诚甚至不失浪漫的团队。故此各色民间故事角度出发的话本、小说乃至后世各色叙事作品,刘备与季汉作为三国中势力最小者,往往是戏份最重的。我觉得,大概是因为大多数普通人,比起机权干略,还是更喜欢折而不挠、真诚仁厚的热血故事吧。

诸葛亮与管仲乐毅

众所周知，诸葛亮少年时，自比管仲乐毅。罗贯中显然不满足于此，《三国演义》里还让司马徽吹腾，说诸葛亮可比兴周八百年之姜子牙，旺汉四百年之张子房。问题来了：诸葛亮为什么不自比姜子牙、张子房，甚或其他古来大贤，偏要自比管仲乐毅呢？

我的猜测，一是地域因素。诸葛亮生在琅琊阳都，是现在所谓山东人。管仲是齐国名相，在齐鲁大地都有不错的名声。他在齐地的传奇声名不消多提，说个鲁地的段子吧。《史记·刺客列传》，开头提过个鲁国人叫曹沫。齐鲁打仗，鲁国输了，被迫割地会盟。曹沫临场撒泼，拿匕首劫持齐桓公，要求他退回土地，齐桓公被迫答应了，之后自然不爽，想反悔，管仲劝齐桓公：不可失信，土地给他吧。搁我是鲁地人，也会觉得：管仲够意思啊。

乐毅呢？众所周知，乐毅为燕昭王领军，连同各国联军，打得齐国七零八落；他留在燕地五年，打得齐国就剩两个城了。后来继任的燕惠王不相信乐毅，乐毅就跑路了，还写了著名的告别信。齐国的田单则用火牛阵打出大胜，复兴了齐国。这一次齐国死里逃生，也让他们对其他各国大为不爽；后来秦灭六国时，齐国经常处于看热闹的状态。大概对齐鲁大地的百姓而言，乐毅真是一个响当当的名字，差点扶助弱小的燕国把强大的齐国给灭了！厉害啊！

诸葛亮自己是山东人，所以钦服管仲乐毅，大概也可以理解？又诸葛亮喜欢管仲与乐毅，也可见其趣味。管仲是贤相，但贤相其实也分许多种。像陈寿就说曹操的施政是"揽申商之法术"，又说诸葛亮是"管萧之亚匹"。申就是申不害，商就是商鞅；管是管仲，萧是萧何。都是贤相，风格不一样。

孔子说过，管仲器量不算大，但也说过："微管仲，吾其被发左衽矣。""桓公九合诸侯，不以兵车，管仲之力也。如其仁，如其仁。"司马迁分析说，管仲的确是贤臣，但孔子说他器量小，大概是觉得，本来管仲可以让齐桓公行王道，结果让他称了霸，不够大气。但话说回来，管仲的做派和思想，确也不纯是儒家的。现在有本书叫《管子》，一般认为出自稷下学宫之手，却也跟管仲的做派有类似处。里面有些话很有名，比如我们都知道的，"仓廪实而知礼节"。吃饱了饭，物质丰足了，才能搞精神建设。这本书也很重视法治，比如"禁淫止暴莫如刑"。但书里也说："刑罚不足以威其意，杀戮不足以服其心。"还有一段最有名的："礼义廉耻，国之四维，四维不张，国乃灭亡。"管仲在齐国的姿态大概是：发展经济，废井田制，允许土地买卖，建立常备军，也发展商业。观念上，要法治，要搞物质建设；同时也要讲信用，讲礼义廉耻。既讲法，又讲人情。

管仲这人，不是一个纯粹的道德君子。比如著名的管鲍之交。年轻的时候，管仲家里很穷，又要奉养母亲。鲍叔牙知道了，就找管仲一起做生意。管仲没有钱，所以本钱几乎都是鲍叔牙拿出来的。可是，赚了钱以后，管仲分红比鲍叔牙还多，但鲍叔牙无所谓，知道管仲家里穷。然后他俩一起去打仗，管仲躲在最后面。鲍叔牙无所谓，说管仲要照顾老母亲。于是管仲说："生我者父母，知我者鲍子也。"后来管仲差点把还没接位的齐桓公给射死了，是鲍叔牙跟齐桓公推荐了管仲。照理说是大恩大德，但管仲临终前，说鲍叔牙不适合做宰相：他为人太完美太清白，容不下小人，还是隰朋好。大概管仲是个相对实际的人，没有很高的道德口号，也不随大流，自己脑子很清楚。

乐毅呢？众所周知，他是个纵横家风格的贤才，能带动各国一起打齐国，还差点把齐国灭了，外交内政军事一把抓，也不是夸夸其谈的儒生。

诸葛亮自比管仲乐毅，大概挺欣赏这两种姿态。实际上，管仲和乐毅的事迹与风骨，后来在诸葛亮自己身上也体现出来了。

齐桓公时，有处士叫小臣稷，桓公去见了三次，没见着。桓公说："吾闻布衣之士不轻爵禄，则无以助万乘之主；万乘之主不好仁义，则无以下布衣之士。"于是去了五次，才见着这个贤臣。说明齐桓公的确是个重视人才的君主。诸葛亮自比管仲，也希望遇到个齐桓公吧？结果刘备也的确是三顾茅庐，把诸葛亮顾出来了。刘备一见诸葛亮，如鱼得水，什么都听你的！

刘备后来当阳之败，情势危急。诸葛亮说："事急矣，请奉命求救于孙将军！"于是诸葛亮渡江，去跟孙权达成同盟，赤壁一战大破曹操。这和乐毅促成诸侯联军大破齐国，有异曲同工之妙。后来刘备登基，诸葛亮为丞相，终于也和管仲乐毅一样，成了君王最信任的人。扶弱小之国，为一方之主，心满意足。诸葛亮后来逝世，鞠躬尽瘁死而后已。陈寿说：

诸葛亮之为相国也，抚百姓，示仪轨，约官职，从权制，开诚心，布公道。尽忠益时者虽仇必赏，犯法怠慢者虽亲必罚，服罪输情者虽重必释，游辞巧饰者虽轻必戮。善无微而不赏，恶无纤而不贬。庶事精练，物理其本，循名责实，虚伪不齿。终于邦域之内，咸畏而爱之，刑政虽峻而无怨者，以其用心平而劝戒明也。

陈寿赞美诸葛亮刑法严峻但是公平，而且劝戒明，大家都服气。这就是法治结合了教育。跟《管子》的"禁淫止暴莫如刑"，"刑罚不足以威其意，杀戮不足以服其心"，有暗合之处。

不只是陈寿说诸葛亮管萧亚匹，后来唐朝房玄龄也说："至若夷吾体仁，能相小国，孔明践义，善翊新邦，抚事论情，抑斯之类也。"夷吾就是管仲，房玄龄也把管仲和诸葛亮列在一起了。

大概诸葛亮年轻时自比管仲乐毅，想成为一个又搞法治又结合礼义廉耻的好丞相，也想成为一个天才纵横家，还希望遇到一个赏识自己的君主。结果真遇到了，而且刘备对他真就像齐桓公对管仲、燕昭王对乐毅似的。好，那就鞠躬尽瘁死而后已吧。像诸葛亮这样，自比管仲乐毅，后来的人生处处都体现出管仲乐毅，这就叫求仁得仁了。

甚至，诸葛亮比管乐还多出了一点好。燕昭王逝世后，乐毅被继任的燕王怀疑；管仲临终前，劝齐桓公别用一群小人，齐桓公没听，没两年就完了。诸葛亮逝世后，他推荐的蒋琬费祎都得了重用，季汉是三国中唯一没有内乱废立的国度。

最后一个小巧合。燕昭王信用乐毅，纵横齐国。乐毅就留在齐国五年。当时有人进谗造谣，说乐毅不想给燕昭王干活了，想自为齐王。燕昭王立斩进谗人，立派使者封乐毅为齐王：你们说他要自立当齐王？我还就让他当齐王怎么着？乐毅感激推辞。君臣彼此相得如此。刘备白帝城托孤诸葛亮之时，也是一以委之，甚至说出了"君可自取"。与燕昭王立乐毅为齐王，异曲同工。

燕昭王的昭，和刘备昭烈皇帝的昭，都是昭。光明清楚，可对日月，是为昭。刘备幽州涿郡人，旧燕之地是也。诸葛亮年少时自比乐毅，最后也如乐毅般，得了个燕地出生、推诚昭然的君主。天意呀。

武圣与《春秋》

关羽，关云长。名表千秋，如雷贯耳。自家人夸起来，则诸葛亮写信哄关羽，夸他"绝伦逸群"。敌国的赞美更扎实：《三国志》说曹魏那边的程昱等，都说关羽张飞是万人敌；周瑜说关张熊虎之将；一向喜欢力排众议、说话准确的刘晔，更直白了："蜀，小国耳，名将唯羽。"这一句话，把关羽与季汉诸将都分开来了。

武圣，当然得先论武勇。按三国正史，先登冲阵的有乐进、董袭、甘宁、庞德、吕布等，神射手表现有太史慈、吕布等，危厄护主如典韦、许褚、赵云、周泰、程普等，横绝虎豹骑如张飞，纵横出入如曹仁和张辽，但武勇表现的巅峰，还是关羽万军斩颜良。

《三国志·武帝纪》记录："公乃引军兼行趣白马，未至十余里，良大惊，来逆战。使张辽、关羽前登，击破，斩良。"大概曹操意图解白马之围。用荀攸之计声东击西，急行向白马，颜良大惊，前来迎战，曹操让关羽和张辽突击。这是场遭遇战，并非小说里所谓大家摆好了阵势，关羽悠闲地过去斩颜良。《三国志·关张马黄赵传》说得很明白："羽望见良麾盖，策马刺良于万众之中，斩其首还，绍诸将莫能当者，遂解白马围。"足球场级别的地方，才装得下万众。万众之中一个将军的麾盖，是一支军队保护最严密的地方。自古夸猛将，多爱说弓马娴熟骑术精湛。关羽骑马突到万军核心之中，骑术之佳，自不待言。

且万军斩主将和先登陷阵冲杀，那是两回事。如果只是突穿敌阵，西汉李广的儿子李敢也干过，唐朝李世民也干过。毕竟只要马快，找薄弱处一冲，总是可以冲过去的。曹仁和张辽也曾在敌阵中来去自如，还把人救回来了呢。然而关羽这一战却是万军斩将，朝着最艰难的核心杀过去的。至于他所斩的颜良有多了得？孔融曾说"颜良、文丑，勇冠三军"。就因为这一战过于传奇，后来南北朝猛将多比关张，比如北魏杨大眼，比如南陈萧摩诃。

吴明彻曾建议萧摩诃去袭杀对方大将："若殪此胡，则彼军夺气，君有关、张之名，可斩颜良矣。"——您有关张的名气，可以去斩一次颜良！萧摩诃勇冠当时，也确实袭杀了对手，但也只是冲阵，等对手出来，一暗器扔死对手。关羽却是突入万军核心，斩了颜良，又回来。来回路上，"绍诸将莫能当者"，不是袁绍军不想拦着关羽杀颜良，是拦不住：这又厉害过一层了。

这里得提一句罗贯中《三国演义》。正史三国，斩将记录很是稀少，偏罗贯中在《三国演义》里要编得热闹，打仗动不动两边大将对打几十回合，搞得是个名将都亲手斩过将。又正史三国，突阵是很稀少的，偏罗贯中在《三国演义》里要编得热闹，是个将领都能冲杀来去。正史关羽是在大战中突阵斩将，一路袁绍诸将挡不住；罗贯中偏要在《三国演义》里安排关羽骑赤兔马，仗着马快杀到颜良面前，斩了颜良。因为小说中单挑斩将壮举太多，导致个人勇武表现大大贬值，无形之中稀释了关羽这场三国乃至中国史上罕见的壮举。

关羽斩颜良后，"遂"解白马围。斩一个敌将，解决一整场战役，解一个城的围。曹操的战略目标达成，开始回撤。一城之围，一场战役，一个人搞定。整个三国乃至中国历史上，这都够罕见的。

打个体育迷能理解的比方。史书说一个人弓马娴熟，那是能远射，能突破。史书说一个人很善于陷阵，那是很能带球过人。史书说一个人曾经亲手斩将，那是突破过人，还进球了。关羽是万军斩将，一斩定一战。那是一场杯赛决赛，独自带球，突破过了对方全队，再晃过对方世界级门将，射进全场唯一制胜球。比起泛泛的"弓马娴熟""陷阵先登""奔驰出入"这类旁白描述，关羽这个实打实的成绩，含金量高得太多了。想象一群球员坐一起吹牛。"我带球盘过两个人。""我以前远射得过分。""我边路突破很厉害这大家都知道。"关羽："没那么麻烦吧？赢一场球，不就是看清球门在哪儿，中路突破盘过所有人连带门将进个球吗？我以前就这么干过。"

但关羽又不只是个简单武将，《宋史·岳飞传》最后论说：

> 西汉而下，若韩、彭、绛、灌之为将，代不乏人，求其文武全器、仁智并施如宋岳飞者，一代岂多见哉！史称关云长通《春秋左氏》学，然未尝见其文章。飞北伐，军至汴梁之朱仙镇，有诏班师，飞自为表答诏，忠义之言，流出肺腑，真有诸葛孔明之风，而卒死于秦桧之手。

说着历来文武全器、仁智并施如岳飞，很少见。忽然又跑题说，关羽据说通《左传》，但没看到他文章，而岳飞亲自写表，有诸葛亮之风，所以岳飞更好。这里拿关羽举例，我这么理解：是暗示关羽文武仁智都有了，就是史传没见他文章。

说到关羽的文采。传统关公雕像一般有两种造型：一种是武的，手持青龙偃月刀；一种是文的，捻着胡须读书，就是所谓关二爷读《春秋》。第一种造型自然是虚构：青龙偃月刀，汉末不太流行。关羽那会儿，马上兵器习惯用槊。《三国志》里说关羽斩颜良，是"策马刺良于万军之中"。正史里有关关羽用刀的记录只有一个，就是跟鲁肃所谓单刀赴会，有个"提刀而起"的动作，但那应该是双方带了佩刀，而不是长刀。后来《全相三国志平话》就编了关羽用刀的情节，罗贯中给加上了青龙偃月刀这么漂亮的玩法，于是后来大家都习惯性认定：关二爷就是用青龙刀。

然而关羽读《春秋》呢？那倒是真的。严格来说，关羽读的是《春秋左氏传》，也就是所谓的《左传》。正史里，东吴都督吕蒙袭杀关羽之前，总结说关羽这个人："长而好学，读左传略皆上口，梗亮有雄气，然性颇自负，好陵人。"大概关羽有年纪了还很好学，读《左传》非常溜，能随口引用；是个英雄，但是性格自负，喜欢欺压别人。这一点正史和小说都描述了，关羽爱惜士卒，但是讨厌士大夫。有趣的是，关羽喜欢读《左传》，和他的英雄气，他的高傲，他的爱惜士卒但讨厌士大夫，这是一整套的性格。

关羽出身于河东，杀人犯，流亡江湖，跟刘备张飞结识交好，生死与共。河东，现在的山西，在东汉时算边塞地区，每个人都能打。历史上有"山西出将，山东出相"的说法。李牧、卫青、霍去病、尉迟恭、薛仁贵、呼延赞、杨家将，都是山西人。三国时候，蜀汉关羽，曹魏张辽、徐晃，都是山西人。大概关羽从小就生活在边地，骑射、好斗、没事要动员起来打仗的地方。所以关羽很能打这事，真跟地域有关。关羽又当过杀人犯，流亡江湖。听着像东汉版本的武松，有一段时间是个非主流的社会人。所以他跟底层人民好，鄙视士大夫当官的，也顺理成章。

我们现在知道，《左传》是春秋三传之一，重要的古典文献。但在东汉时比较微妙。大致东汉比较认可的官方传是《公羊传》；《左传》在汉明帝、章帝时较受重视，但比较偏。所以关羽喜读《左传》，当时有点非主流：正统儒生研究《公羊传》居多。后来学者范宁说，《左传》的风格是"艳而富，其失也巫"，文采华丽，内容丰富，但有些太讲神鬼之道。打个不恰当的比方：如果《公羊传》是史书里的官方文献，那《左传》就有点像史书里的浪漫主义小说。曲折、优美、文笔好，关羽就爱看这个。

《左传》还有个特色：课本里选篇《曹刿论战》、《子鱼论战》、《崤之战》，对战争的描写特别细致。关羽一个武将，喜看《左传》，就很合乎逻辑了。不只关羽，后来帮助晋国灭掉吴国，天下三分归一统的大将杜预，也很喜欢《左传》，说自己有《左传》癖——爱看《左传》都上瘾了。

后来大家都说关羽夜读《春秋》，想体现他文武全才。但正史喜欢读《左传》的关羽，是属于读书的武将里，比较豪放又浪漫的那种性格，和关羽本身讲义气的非主流游侠脾气很贴合。关羽读多了《左传》，个性豪放有英雄气，但也有点迷信。《蜀记》说关羽出兵北伐之前，梦见有猪咬他的脚，就对儿子关平说："吾今年衰矣，然不得还！"我已经老了，这次怕是回不来了。结果，他这次北伐，就真的没回来。这个很宿命论的剧情，也非常有《左传》的意味。大概，关羽读着《左传》，最后自己也成了传说。

张飞的容貌

张飞是儒将，张飞是书法家，张飞是美人画家——这些流传的段子，都是后世说法，正史无载。据说张飞破张邻后，留下了书法作品《八蒙山铭》，也无法确认是否真迹。大概是因为跟民间说法里张飞黑脸大胡子的形象有反差萌，所以跟"诸葛亮不会带兵"之类翻案文，一起流传了起来。

当然，张飞也的确未必是《三国演义》里所谓"燕颔虎须、豹头环眼"的模样。他的容貌，史书无载。我们只能推测。会让人觉得张飞容貌粗莽的，大概是因为他性格暴躁好杀，情绪控制有问题。他在徐州时杀曹豹，激发丹阳兵叛变就是一例。张飞一生经历过不止一次叛变，终于也死在这件事上。但除此之外，他的征战生涯里，没太显得粗狂。他很擅长把握地形：断桥退曹兵，是靠少数兵力控制地形；巴郡擒严颜，是一个河北人居然在重庆周边的山里打了胜仗；巴西破张郃，在狭窄的山道打得巧变的张郃仅以身免。大概，一个擅长地利作战的将军，粗不到哪儿去。

张飞的为人，史书说得很清楚：爱敬君子但不恤士卒，"暴而无恩"。他爱敬君子这个细节，细想颇有意思。虽然史书里没提张飞好文墨，但结交当时的君子士人，得有点基础吧？东汉的士人众所周知，很在意容貌。张飞如果太丑太粗，加上不算高明的出身，不一定结交得到人。我估计张飞的容貌未必多好看，毕竟没记载——稍微好看到值得一提的，《三国志》都会挂一句，比如周瑜"长壮有姿貌"，孙策"美姿颜，好笑语"，程普"有容貌"，诸葛亮"身长八尺，容貌甚伟"，太史慈"七尺七寸，美须髯"……但应该，张飞也差不到哪儿去。

众所周知，张飞的两个女儿，都是刘禅的皇后。一个当了刘禅十四年老婆，过世了；另一个继续当皇后，当了近三十年。大皇后还可以说是政治婚姻，二皇后就显出点真心了。女儿如此，爸爸也未必差得到哪儿去。

正史里对张飞的描述，可掌握的细节只有：比关羽小几岁；断桥横矛，瞪眼吼，吓退曹兵；呵斥严颜，被骂后发怒，但后来还是义释严颜；喜欢鞭挞士卒；雄壮威猛，亚于关羽。

周瑜说关羽张飞是"熊虎之将",这个词细想有点意思。熊虎、瞪眼、吼,雄壮威猛的万人敌名声。仪表上,张飞应该是威武的河北汉子?

李商隐有首《骄儿诗》,说孩子"或谑张飞胡,或笑邓艾吃"。这个胡怎么解释?胡子?但《三国志》里没一个字提到张飞的胡子。《说文解字》里有个说法,"胡,牛颔垂也",那就是嘲笑张飞是个大下巴?不知道。《正字通》里说"胡,喉也"。顾炎武《日知录》所谓:"古人读侯(喉)为胡。"所以"张飞胡"可以当"张飞喉"讲?毕竟张飞大嗓门爱怒吼,史书写过不止一次。"或谑张飞胡,或笑邓艾吃"如果解释为"嘲笑张飞大嗓门,嘲笑邓艾口吃",听上去是不是也可以?这也是种推测吧。

大概,张飞就是个雄壮威武的人,容貌不至于太文弱,至少瞪眼时让对手感到害怕。体格会让周瑜形容为熊虎之将。不是好看到出众(不然多少会有记载),但也丑不到哪里去。喜欢打骂下属,但看到君子士人就脸色变好的一个河北汉子。

以及,当然,他能成为吓退对手的万人敌猛将,并不只靠容貌。《三国演义》里,张飞据守长坂桥,派骑兵扬尘虚兵让曹操以为有埋伏,加上八年前关羽在白马对曹操念叨过,我弟弟张飞可厉害了,百万军中取上将首级如探囊取物！加上张飞嗓门大，吓死了夏侯杰，曹操吓跑了。

正史则是：刘备带百姓缓缓南走，曹操派部下五千精兵一日一夜行三百里追上，击溃刘备军。张飞带二十骑断后，拒水断桥，仗矛一喝："身是张益德也，可来共决死！"按《三国志》说法，"敌皆无敢近者"。

张飞对面的，不是普通士兵，是曹纯所督的虎豹骑，汉末最精锐的部队。当时虎豹骑是所谓"天下骁锐，或从百人将补之"。别处的百人将，虎豹骑的普通一兵。所以能撑得起一日一夜行三百里。三年前，曹操围南皮，曹纯麾下虎豹骑斩了袁谭的首级；一年前，曹操北征乌桓，又是曹纯率领虎豹骑斩了单于蹋顿的首级。虎豹骑是闪电般的斩首部队。他们已经击败了刘备军，前方就是刘备，捉住了就是不世大功。何以看见张飞拒水断桥，就不敢追了？

张飞的万人敌称号是个威名，然而威名得靠实在的成绩堆积起来才有人信。上阵打仗的爷们，都是刀头舐血过来的。没有实打实的战绩，谁怕你？显然，虎豹骑因为某些因素（张飞在当阳的表现，或张飞此前的名声），一时颤栗了。大概，张飞就这么可怕，所以连曹魏的人，都称他万人敌。

哪位说了：一个人真能敌一万人？有点夸张。但张飞抵一千人，倒是有人认可的。《三国志·周瑜传》注引《吴录》：

备谓瑜云："仁守江陵城，城中粮多，足为疾害。使张益德将千人随卿，卿分二千人追我，相为从夏水人截仁后，仁闻吾入必走。"瑜以二千人益之。

赤壁之后，刘备与周瑜合力去打曹仁。众所周知，虽然是盟友，但双方彼此要讨价还价的。刘备说：我让张飞带一千人跟你去，你分二千人跟我。周瑜居然答应了——自己给了二千人，接过了刘备的一千人，再加一个张飞。

周瑜对张飞的使用体验如何呢？之后他给孙权写信："刘备以枭雄之姿，而有关羽张飞熊虎之将，必非久屈为人用者。"大概，张飞跟周瑜这一段日子，所作所为，足以让周瑜佩服他是熊虎之将，而且默认了"张飞带一千人，我给刘备二千人，不亏"。细想来，真是可怕。

赵云的地位

从《三国志》到《三国演义》，赵云是形象与戏份被提升最大的将军，简直没有之一。这不，各色虚构作品都喜欢揉搓他，虚构出了白马银枪偶像派，夸大了他的小白脸作风。

然而赵云本不是那样的。《三国志》注引《云别传》，说赵云"云身长八尺，姿颜雄伟"。《三国演义》里，罗贯中给赵云编了个容貌，也没怎么走形：

忽见草坡左侧转出个少年将军，飞马挺枪，直取文丑，公孙瓒扒上坡去，看那少年：生得身长八尺，浓眉大眼，阔面重颐，威风凛凛，与文丑大战五六十合，胜负未分。瓒部下救军到，文丑拨回马去了。那少年也不追赶。瓒忙下土坡，问那少年姓名。那少年欠身答曰："某乃常山真定人也，姓赵，名云，字子龙。"

如此，无论史实还是演义，赵云都是高大雄伟、悲歌慷慨的河北汉子，并非小白脸。拿武侠小说打个比方：他的容貌更接近郭靖，而不是段誉。赵云的年纪，罗贯中犯过个小错误：公元 228 年诸葛亮初次北伐，罗贯中为了体现赵云神威，《三国演义》里来了个赵云"年登七十斩五将"，威风八面。但问题来了，当阳长坂，那是 208 年。这么一算，赵云怀抱阿斗于百万军中出入时，已经五十岁了吗？比刘备都大？感觉似乎也不大对……当然，按照史书上赵云活动的时间计算，长坂前后，他也将近四十岁了，是一个威武的河北大叔，绝非许多人想象中的白袍小将就是了。

说回正史。虽然战绩从未如关张般显赫，但赵云确是刘备最信任的将领之一。相当长一段时间，赵云是刘备麾下武将里，前三至前五的官职，而且地位微妙。

赵云当年还在公孙瓒手下时，跟刘备合作很愉快，要离别时拉着手，赵云表示一定不会辜负刘备："终不背德也。"后来赵云跟刘备东奔西走，帮刘备带骑兵，与刘备彼此交心，互相信任。长坂打得一片乱七八糟，有人说赵云北奔投降曹操了，刘备拿起手戟就揍，"子龙不弃我走也！"
之后，赵云带着甘夫人和阿斗回来了。正史里没记载什么
七进七出，但赵云确实带着两个大活人回来了，这是事实。
因为信任，刘备可以放手让赵云去做一些别人没法做的事。
比如，历史上刘备一度忌惮嫁过来的孙权妹妹孙夫人，就
让赵云替他镇宅，这不是简单的看家护院，孙夫人是政治
婚姻的老婆，厉害得很呢。

陈寿评语说，黄忠和赵云可比灌滕。灌是灌婴，滕是
夏侯婴。夏侯婴是夏侯惇的祖宗，西汉开国名将，给刘邦
驾车的老司机，而且主管车兵，还曾在乱军中救下了鲁元
公主和刘盈，陈寿以此比喻赵云的救主之功。若要以后世
相比，则赵云对刘备，还真有点像尉迟恭之于李世民呢。

说赵云的官职。赤壁之战后，孙刘联军又分别打荆州；
定了三分之一的荆州后，刘备开始封将军：关羽荡寇将军
镇襄阳，张飞征虏将军镇宜都，赵云偏将军镇桂阳。大概
当时，赵云是刘备麾下第三号将军。当时东吴周瑜到死也
就是偏将军。后来诸葛亮、赵云与张飞入蜀作战，一路平
定郡县。刘备定成都，封赵云做翊军将军。之后马超加入，
代替了赵云第三号将军的地位；加上黄忠魏延崛起，赵云才
显得黯淡了些。汉中之战后，关张马黄分领前后左右四将
军，赵云稍微落后了点。但到刘禅继位时，赵云已是中护

军、征南将军，迁镇东将军。中护军是个微妙的岗位：掌禁军，统诸将，主持武官选举。曹魏的中护军是韩浩、夏侯尚，那都是曹操最信赖的人，可以奉命统督监察，直接向君主负责。后来蜀汉的杨戏评论赵云，说他"统时选士"，大概还有人事权呢。

这就是正史里的赵云，没有白马银枪斩将如麻，战绩也不算突出，但确确实实是刘备最信赖的将军之一，依靠的是靠谱稳重、不犯错误。论战役表现与风格，赵云没有关羽威震华夏、张飞瓦口破郃的指挥规模，那没法子：关羽很早就有与刘备别领一军的资格，张飞的骁勇则是一向被程昱周瑜们称道的。赵云一度长期身随关张之后，然后官职被马超（前流亡诸侯）和黄忠（汉中之战大功赫赫）超过，但具体实权和地位一直很高。

关羽练兵有法，以少打多，骁勇善战。白马万军斩颜良是陷阵表现；绝北道是独自统军完成任务的表现；以不足三万之师牵制曹魏近十万人，围曹仁、擒于禁、杀庞德、破七军，打得威震华夏，那是他军事素质的全面体现。张飞除了骁勇，还很机变：别道破张郃，既勇，又狠。张郃长于巧变，偏被张飞的突袭摧毁了。黄忠勇毅冠三军，是刘备军的乐进。马超善于带自家嫡系部队。赵云论多变机巧、进攻凶猛，不如关张，他的风格是不动如山。当阳之败，乱军中他能救回阿斗和甘夫人，其实有于禁宛城之风。之后他的各色表现，都表现出靠谱，厚重，谨慎，忠诚。

因为靠谱，所以有中护军的权力。刘备信赖他，所以赵云有许多进言的记录。不只刘备信赖他，诸葛亮初次北伐时，赵云别领一军为疑兵，而非吴懿与魏延们。这个细节，仔细想想很有趣。同期而言，魏延的进攻能力是很卓越的。但显然，诸葛亮很信任赵云独统一军的能力——攻城拔寨未必行，统军却是靠谱的。结果赵云也的确靠谱：虽然撤兵回来，算是败了，但大体不动如山，没有大损失。

汉光武麾下有个名将贾复，光武很信赖他，常留他在身边。诸将论功时，贾复没啥好自吹的，光武就说："贾君之功，我自知之。"刘备的昭烈帝号，远远比着光武，赵云大概可比贾复：缺少波澜壮阔的实绩，而始终地位极高，就在于他的靠谱和沉稳，让刘备信赖他，也时常留他在身边。

所以正史的赵云并不是白马银枪小帅哥，恰好是个强挚壮猛、持重靠谱、任务下来就给办了、领导放心用、哪里需要哪里搬的好汉。许多人都把赵云当杨过似的白面帅哥，然而其实从风格和为人看，他更像是郭靖呢……

事实上的马超

《三国演义》里容貌描写最着力的，大概是马超。原文说："又见马超生得面如傅粉，唇若抹朱，腰细膀宽，声雄力猛，白袍银铠，手执长枪，立马阵前。"真是白袍美男锦马超啊。

《三国志》对马超的记录，大概如下：西北汉子。自己觉得很有力气，打仗时经常独自突前。比如潼关之战时意图突袭曹操，但看见曹操麾下大将许褚在旁，就没敢去。那年他三十五岁，组织了关西的边地军阀联盟，拿下长安，进逼潼关，与曹操对决，最后因为联盟崩解而输掉了。两年后，马超继续在西北闹事，被打败后，先归了张鲁，再降了刘备。归降刘备后，马超的官位始终很高，从平西将军，到左将军、假节，到骠骑将军。他的死对头曹魏的杨阜评价说，马超的骁勇类似于楚汉之际的英布。诸葛亮给关羽的书信里，也拿他比英布。

正史没记载马超容貌，但是他父亲马腾"长八尺余，身体洪大，面鼻雄异"，马超应该也长得不错。《三国演义》把他描述成英俊的锦马超，然后虚构他打得曹操割须弃袍，这事是假的；还虚构他跟许褚单挑战平，就是所谓许褚裸衣战马超，也是假的；后来又与张飞单挑战平，所谓挑灯夜战：也是虚构。曹操在小说里，曾念叨马超"不减吕布之勇"。且马超是个大孝子，爸爸马腾被曹操杀了，这才起兵反曹。

然而上面这些，都是虚构。历史上马超归降刘备，官位很高，战绩一般。连罗贯中都没法硬编，只好写马超参与了汉中之战，但战绩还是少。民国时有个作者叫周大荒，写了个同人小说《反三国演义》，从徐庶推荐诸葛亮开始，完全改写，最后刘备得了天下。那本书写得马超天下无敌。大概周先生觉得刘备和诸葛亮没用好马超，可惜可惜。

但正史的马超，其实没那么神奇。罗贯中写《三国演义》，为了显得蜀汉都是好人，连马超的爸爸马腾也写成了大好人，汉室忠臣。其实马腾还有韩遂，一开始都是西北边地的军官，因为西北边境叛军不断，两人先后被裹挟着当了叛军。大概公元187年，两人联合了，成了西北军阀。那时曹操忙着跟吕布袁术他们打呢，管不了西面，就找来侍中钟繇：你去，把西北关中那片处理一下。钟繇到长安，写信给马韩遂，马腾韩遂就暂时不闹了，暂时臣服大汉，还送了两千匹马给曹操，让他打官渡之战。后来马腾还让马超带兵去帮曹操打袁家。是的，正史马超二十六岁时，就帮曹操打过仗了。

值得一提的是，马超打仗时经常受伤：跟西北的阎行作战时，被击中过脖子；打郭援时，脚中过箭。一方面他确实骁勇，很突前；另一方面，马腾对这个儿子还真舍得下。

后来马腾和韩遂又吵起来了。这回比较严重，韩遂把马腾的老婆孩子都杀了。曹操还是让钟繇劝劝，马腾大概也觉得自己老了，不想再跟韩遂撕扯了。于是入朝为官，军队留给马超带，留在西北。

马超字孟起。古代讲排行，伯（孟）仲叔季。比如孙策是老大，字伯符；孙权是老二，字仲谋。马超是长子，但是字孟起，可以推断他是马腾的庶长子。

公元 211 年曹操派钟繇和夏侯渊，经过马超的领地去打汉中的张鲁。当时的西北军阀，马超、韩遂、马玩、程银，彼此不放心，都觉得曹操要假途灭虢，乘机把他们给端了。大家思谋一起举兵。马超就跟韩遂表达了这么段意思：以前钟繇曾经让我谋害你，他们关东人已经不可信了。

我现在呢，放弃我的父亲，把您当作父亲；您也应该放弃自己的儿子，把我当儿子。

韩遂的儿子这时也在曹操手下当人质呢，这一起兵，那自然就没戏了。于是马超不管他爹、韩遂不管他儿子，组织其他诸将联合起兵，进逼潼关，逼得曹操来潼关作战。这一仗最后曹操赢了。有两个细节特别有名。其一，曹操每次听到马超那里又有新的军阀加入就高兴，事后曹操说，马韩一方越多，越容易从中用计，一股脑解决。其二，曹操用了贾诩的计策，离间马超和韩遂，让联盟崩溃了。

第二年，马腾也被曹操杀了。之后马超在西北反曹，但因为滥行杀戮，失去了人心。马超自己被诈降的杨阜他们算计，老婆孩子都被杀了。马超亲戚死尽，只好带弟弟马岱去投奔汉中张鲁。张鲁曾想把女儿嫁给马超，这时有人说：马超连自己的亲人都不爱，还能爱别人吗？这可以代表当时大家对马超的看法。

之后马超杀死了张鲁麾下的杨柏，投降刘备，再往后的战绩也就一般了。实际上马超自从潼关输给曹操，战绩一直寻常，简直有点越打越差。但他名气大，羌人游牧民族忌惮他，所以刘备让他去边塞地区镇守，也不错。当时刘备手下有个彭羕，这人心气很高，对刘备不满，就去接触马超，骂刘备是个老家伙，还跟马超说：你领军，我辅佐你，咱们平定天下。马超听了之后不说话，彭羕一走，马超立刻就举报了彭羕。

正史马超的确名声极大。刘备和诸葛亮都承认马超很厉害，名望很高，威震西北。然而曹操对西北军的忌惮，原话是"关西兵精悍"。大概马超很强，个人也爱突前，但他的强大背后，是关西嫡系部队的骁勇善战。马超自己警惕性极高，高到觉得曹操要偷袭他，于是放弃父亲，跟韩遂联合；又中了离间计，跟韩遂闹崩；之后马超就失去了自己的嫡系部队，战斗力打了个折扣。就像张鲁麾下人说的：马超连自己的爸爸都不爱，怎么指望他爱别人呢？所以《三国志》里，陈寿认为马超全族是自己断送掉的。蜀汉的杨戏说得更直白，说他"乖道反德"，违背了道德。

大概这就是正史的马超了：马超在自己掌握军权后，为了自己的安全，就可以放弃父亲；为了自己的安全，也可以放弃韩遂，放弃张鲁，放弃彭羕。到最后，一半是自己断送了家族，一半也可以说是众叛亲离。他归了刘备后没什么战绩，未必是刘备不信任他，而是马超把自己的家底给挥霍完了。

孙盛说过一句话，说马超背弃父亲，类似于刘邦跟项羽说的分我一杯羹的事，都是酷忍之极。刘璋手下的王商则很直白，说马超"勇而不仁"，不讲仁义。乱世里失去了信用，众叛亲离之后，无论你多么骁勇，得不到信任，那就什么都没有了。

马超归刘后，地位一直比张飞略高一线。我想，一是因为刘备要优待降将聚拢人才。法正跟刘备聊天时，就让他学燕昭王，千金买马骨。二是因为瘦死的骆驼比马大，那毕竟是马超啊，虽然后期嫡系星散，未必多能打了，但名气在，先前的官位也高。马超早早地就是汉朝的偏将军、都亭侯，和关羽的汉寿亭侯类似，是朝廷诏拜的。后来跟曹操闹了之后，马超自称征西将军领并州牧督凉州军事。他到成都归刘备，靠自己的威名让刘璋投降。

后来刘备定汉中后，确定四方将军。诸葛亮对刘备谈黄忠，原话是："忠之名望，素非关马之伦也。"说明刘备一方的认知，是关马并列。关羽当时董督荆州，声名赫赫；马超以前好歹也是一方诸侯，声名也不小，可以理解；张飞素有万人敌之名，但名望未必高得过马超。所以马超官位与张飞齐平略高一线，既照顾了马超的名气，也照顾了张飞，也还正常吧？

我一直有个小猜想：刘备提拔黄忠，到与关张马并列，诸葛亮曾担心关羽不快，刘备说自己可以解决，派费诗去劝了关羽，关羽也算给面子。后来刘备要定汉中守，人人都以为是张飞，张飞都觉得是自己，刘备偏拔了魏延，一军尽惊。可能在刘备看来，关张是自己人，有点情绪也是可以解劝的。反过来，马超在彭羕那件事前后，所谓"羁旅归国，常怀危惧"；官位高一点，也是待他厚，让他心安？

我总想象刘备私下里跟张飞说：你么也别太在意官大官小，张郃这种被你打飞的，刚去曹操那里时，不也封侯拜将，比你岳父还风光？毕竟咱们自己亲家不是？我要对你太好，大家都寻思把女儿献给阿斗，也不利于你女儿不是？来，火烧热了就吃，少喝几杯，年纪也不小了……

黄忠可能并不老

　　自古都说黄忠是老将。《三国演义》里头，黄忠长沙战关羽时，说是六十多岁；到后来伐吴中箭而死，七十三岁。罗贯中还怕他不够老，特意写诗："将军气概与天参，白发犹然困汉南。"白发，这就老了。《三国演义》参考的一本书叫《全相三国志平话》，也写诸葛亮气急败坏，骂过黄忠是老贼。

　　可是黄忠的真实年龄，正史没有记录。《三国志》完全没说黄忠的年纪，但黄忠的打法风格很明白："忠常先登陷阵，勇毅冠三军。""黄忠、赵云强挚壮猛，并作爪牙，其灌、滕之徒欤？"黄忠还被陈寿拿来比灌婴，而灌婴是西汉开国时，刘邦麾下年纪最轻的将领之一。

　　黄忠所谓的先登陷阵，是个体力活。三国时著名的先登陷阵者，如吕布，如乐进，如高顺，有陷阵记录时，年纪都不大。张辽在合肥和孙权打时，年纪算大了，也不过四十六岁。黄忠如果真是白发老将，还能登高鼓噪、击杀夏侯渊？我觉得有点违反生理规律。大概，没有证据证明黄忠不老，但也没有任何证据，证明黄忠年纪大，非常老。

　　历史上有关黄忠的全部记录里，只有一点点说他老的依据。就是汉中之战后，黄忠因为功劳大，被刘备提拔成后将军，与关张马并列。那会儿关羽就跟费诗生气了："大丈夫终不与老兵同列！"关羽这时征战记录超过三十年，也五十多快六十了，他如果说黄忠老，那大概是老了。但如果分析关羽这句话：他不满意的不是黄忠老，而是黄忠的老兵身份。说一个人是老头，那就是年纪大了；老兵倒不一定。黄忠此前，长期地位不高。关羽自己则在刘备定荆州时已被封将军，从来是刘备麾下别领一军的大将。黄忠相比而言，地位低得多，身先士卒勇冠三军的打法，很像曹魏的乐进。所以关羽看不起黄忠，很可能不在他老，而在于，黄忠只是个资历厚的老兵，居然这么快升到了将军，哼！

　　我们从史册里可以追溯到黄忠的活动记录，也都在200年以后了；如果他真的那么老，早年记录全部散失，感觉也很奇怪，对吧？所以，有没有这种可能：黄忠本身并不太老，只是出身偏低，所以在随刘备入蜀时，还能先登陷阵勇冠三军。只是积年当兵，作为军人是老了的，所以对早早就统辖荆州的关羽而言，一个老兵提拔上来与自己并列，不爽。骂一声老兵，未必是说对方比自己年纪大？然后民间故事写作者与罗贯中一下子把握住了"老兵"二字，硬生生做出了一篇文章，塑造了黄忠的老将形象？

这里得多说一句刘备的好处。刘备麾下，关羽是流亡杀人犯，张飞赵云是河北豪族，马超是流亡诸侯，诸葛亮家里有点背景，但出山前是躬耕南阳的二十七岁农夫。魏延跟刘备入蜀时还是个部曲私兵，九年后已经成了镇远将军、汉中太守。不看出身门第，善于破格提拔，是刘备的长处。因为刘备自己就是个老兵油子，所以看黄忠这种老兵格外顺眼。

许多人都爱想象说，黄忠老了还这么猛，为啥年轻的时候没那么厉害。我倒觉得，一来黄忠未必很老，二来黄忠的成就跟刘备的任用分不开。就像韩信在项羽麾下不过是个执戟卫士，到刘邦手下就能成为将军。勇冠三军这种记录，黄忠在刘备手下才有。这大概可以说明，找一个意气相投、出身相似的主儿，一个能从老兵直接提拔成将军的主儿，能对人产生多大的鼓励。

死士姜维

对姜维最好的描述，我想来想去，大概是：死士。

姜维很有才具，口碑极佳。正史里，诸葛亮夸他"忠勤时事，思虑精密"，对军事很有感觉，有胆有义，心存汉室——这是自己人的夸法。钟会写信劝降时，说姜维"文武之德，迈世之略"，是吴国季札一类的人——这是正面吹捧。私下里，钟会认为中原名士，比如夏侯玄、诸葛诞，那都压不过姜维。钟会自己年少早达，什么人都见过了，还对姜维一见倾心如此，姜维魅力可见。邓艾和姜维是老对手了。他自己偷渡阴平，灭亡了蜀汉，太得意了，自我吹嘘：姜维自然是一时之雄杰，只是恰好遇到了我！——连自吹时，邓艾都没看轻姜维。

姜维的为人，很有趣。论私德，郤正说姜维身为上将，却住着弊薄的宅院，家里没钱没妾没有声色娱乐，薪水随手花掉。他甚至都懒得表现"兄弟我很清廉"，而是在生活上无欲无求：好学不倦，清廉简朴。但这并不意味着姜维心如止水，宁静致远。大概他没有物欲，只一心追求自己的目的。

《三国演义》说，姜维继承诸葛亮遗志，九伐中原。其实算起正史上，姜维前后北伐有十一次之多。北伐有胜有败，但其执着，至少不必怀疑。诸葛亮逝世后，蜀汉又存在了二十九年，其中十二年蒋琬主持，七年费祎主持。费祎主政时，每次姜维兴兵，不超过一万。所以后世许多人猜测，费祎被魏国刺客刺杀，可能是姜维的主意——费祎死的那年，姜维就兴兵数万北伐了。那时候，姜维应该是大有翻然翱翔、不受羁绊之意吧？并非如此。

蒋琬和费祎秉政时，曹魏那边并不太平：曹芳登基，事在公元 240 年；九年后司马懿政变，又五年后司马师废掉曹芳，立曹髦为皇帝；中间夹杂着著名的淮南三叛。等姜维有军权时，面对的是已经大致掌握了政权，可以擅自废立的司马氏了。

263 年魏国三路大军压境，两路专门来对付姜维。姜维身在沓中，被邓艾围裹阻拦，到底还是虚晃一枪，杀过阴平桥、晃过诸葛绪、回到剑阁、守住了钟会。那时，他一个人，一支军队，几乎把魏国的西征计划摧毁了大半，逼得邓艾行险侥幸，偷渡阴平。到邓艾取下成都，刘禅出降，到此为止，哪怕就这样结束，姜维也算为汉尽力了。

然而在蜀汉灭亡后，姜维还是筹划着那著名的复兴大业。他利用钟会的野心，说服了钟会；利用钟会与邓艾的矛盾，囚了邓艾。"臣欲使社稷危而复安，日月幽而复明。"他自己也知道，是"日月幽而复明"，逆天而行的事。何必呢？最后众所周知：计策未成，但一日之内，姜维拖死了钟会、邓艾和他自己，好歹也算是熬到了蜀汉的最后一刻，然后以身殉之。

蜀汉灭亡时，钟会已封司徒，邓艾已封太尉。两个灭了对方国家、自己位极人臣的家伙，夸一个被灭了国的将军，是中原无人可比的名士，是一时之雄杰。然后，这两个灭了对方国家的、魏国新任司徒和太尉，马上就被姜维拖死了。

后世眼中，前三国所以比后三国传奇，不在于后三国人才凋零。实际上，后三国极多文武全才的人物，但大多都太聪明。姜维之杰出，未必在才情——虽然钟会也承认他了不起——只是他的行为做派，有前三国时那些屈而不挠、执着至极、燃烧至死的性格光彩。他有缺陷，但依然为汉朝燃到了最后。很巧，陈寿也这么说刘备：折而不挠，也是为了避害啊。

千年之后，南宋临安投降，名将张世杰扶保幼主辗转南奔，甚至立了海上朝廷。崖山战后，宋朝最后的皇室悉数死去，张世杰依然试图找新的法子延续宋朝。后来大风起，张世杰溺水而死，是所谓："舟遂覆，世杰溺焉。宋亡。"

临安开城，不算结束；是张世杰这样不屈不挠、扶保宋朝的人死了，宋朝才算灭亡了。于蜀汉，我们也可以这么说：刘禅开城，不算结束；是姜维死了，汉亡。

生子当如孙仲谋

曹操有句话："生子当如孙仲谋！"按年龄，他还真有资格这么说。曹操与孙权的爸爸孙坚同岁。当年关东诸侯作壁上观，他二人奋然讨董卓，朝洛阳去时，都是三十七岁。孙策时年十七岁，孙权时年十岁。

但曹操这句话，又确实带着赞赏的意味。早在孙策崛起时，曹操已抱有一种长辈对晚辈的忌惮。当日听说孙策平江东，曹操就念叨：小狮子啊，难与争锋。

曹操自己四十三岁时，死了长子曹昂。此后十年，他从控制山东河南的部分，到平定整个北方，再到南下取荆州，横行天下无敌手。赤壁前夕，与曹操隔江对峙的孙权，比诸葛亮还小两岁。

曹操一路平北方，是靠着袁绍几个儿子内讧；平荆州，是刘琮请降。他不太看得起小一辈，所以劝降孙权时也傲慢得很，以为吓唬一下，孙权就服气了。然而孙权说曹操：老贼欲废汉自立很久啦，就是忌惮袁术、袁绍、吕布、刘表和我。如今这些都灭了，就我活着，我与老贼势不两立！

这段话仔细想来很可怕：曹操忌惮的群雄都死了，就剩下孙权一个，一般人难免会"我也活不下去，不如降了吧"，孙权却决然奋起，"势不两立！"然后就是赤壁之战了。曹操南下步伐从此停顿，此前十年纵横无敌的神话戛然而止。又过了五年，曹操与孙权在濡须口对峙，曹操看见孙权的阵容，叹气：生子当如孙仲谋！像刘表的儿子，猪狗啊！

史家都说，孙权早年英明，割据江东；晚年残忍，导致内乱。其实英明与残忍，在孙权本为一体。孙权治理吴国，有点山大王作风：对部下诸将关爱有加，体恤部将的父母妻儿，让甘宁、周泰等热血汉子为他搏命。孙权自己好打猎，爱喝酒，性格开朗，甚至轻佻。他曾牵出头驴来，嘲讽诸葛瑾脸长，类似的事，实在不胜枚举。

创业艰难时，孙权确实英明果敢：任用周瑜（终年三十六岁）、鲁肃（终年四十五岁）、吕蒙（终年四十二岁）、陆逊（与刘备决战时不到四十岁），都是锐气英发，推心置腹。但涉及继承人时，孙权也下手狠辣：陆逊简直是被孙权气死的。决意对抗曹操时，孙权挥剑斩案；决意偷袭荆州时，孙权下手狠辣；要跟曹魏服软时，甘居魏国封的吴王之职；要称帝时，孙权也毫不辞让。

孙权对诸将好，确实能得人心：周泰为他受伤，他哭；陈武死了，他让妾殉葬；吕蒙生病，他祈祷请命；凌统家的孩子，他养着。他够热情，够活泼，爱开玩笑，喜怒情绪化，是个很有人味儿的君主。

孙权犯过许多错误，但他能自责。跟张昭吵架之后，他会上门去拜见，把张昭载于车中带回，亲自认错；用吕壹用错了，他会引咎自责；把陆逊气死了，他也会去跟陆抗哭：我之前听了谗言，跟你父亲不和，真是对不起你。

但孙权有豪爽的一面，也有狡猾的一面。比如，赤壁之战时，濡须之战时，跟曹操打得天昏地暗日月无光。可是到后来，关羽威震华夏，打得曹操要迁都，孙权又主动跟曹操表示：我去帮您打关羽好不好？后来还受封了曹丕的大魏吴王，甘心给曹丕打下手。

《三国志》里，陈寿拿孙权比勾践。众所周知，勾践早年卧薪尝胆忍辱负重，任用贤臣；成功之后，翻脸无情，将功臣文种赐死。所谓能共患难不能同享福，刻薄寡恩之人。孙权确也有点这样子。看孙权早年，对张昭、鲁肃和陆逊的恩遇，联想到他晚年跟张昭的矛盾、对鲁肃的便宜话、气死陆逊，大致可以得出结论：孙权不失为英杰，但着实不算是个仁德的君主。他的早年英明和晚年刻薄，其实是一体两面。

但东吴也确实复杂：孙策死后，周瑜与鲁肃的军方，很希望东吴就此割据；张昭和东吴其他大族，所谓顾张朱陆，是不排斥和东汉朝廷合作的。孙权必须靠张昭他们维持统治，但又很依靠周瑜跟鲁肃的军略。赤壁之战前，张昭们主降，周瑜和鲁肃主战。孙权要迟疑很久，才断然主战。

赤壁之战后不久，周瑜去世，孙权继续任用鲁肃，同时扶植吕蒙、周泰、甘宁、凌统、潘璋这些年轻将领，取代周瑜、黄盖、程普、韩当这上一代将领。然后就用这拨人对抗曹操，攻下了荆州。攻下荆州后，吕蒙死了，孙权又被迫开始用陆逊这些东吴本土人士了。后来孙权登基称帝后不用张昭做宰相，包括继承人的斗争，都还是孙权在尽力与江东大族互斗，保持孙家的绝对权力。

曹操征定四方，扫荡诸侯，当然很能打，但他起码有三个对头军阀，是被手下人哄着投降的。南阳张绣，是被手下贾诩劝着投降曹操的；荆州刘琮，是被手下蔡氏一家劝着投降曹操的；汉中张鲁，是被手下谋士阎圃劝着投降曹操的。曹操挟天子以令诸侯，令的不是孙权、张绣、刘表、张鲁这些诸侯，而是他们手下的人。曹操要打东吴时，张昭和他为首的部分就主张投降，也是这个意思。后来孙权都不爽，跟张昭吵架时说：吴国士人，进宫拜我，出门就拜你，我也算给你面子了！说明张昭地位确实高，但孙权到底是压住了所有人。

曹操最后搞不定刘备和孙权，刘备是手下没什么士族，都是些游侠，所以没人会号召刘备投降曹操；孙权手下有过要投降的，但被孙权用各种手段控制住了。这才天下三分。

所以孙权做的一切事情，从早年的英明到晚年的残忍，说到底，都是为巩固自己的权力服务的。曹操也知道年纪轻轻的孙权，统合东吴并不容易，所以："生子当如孙仲谋！"

士别三日刮目相待

现在说吕蒙，有名的是两个成语。一是吴下阿蒙，一是士别三日刮目相待。都说吕蒙年轻时不读书，半文盲。孙权跟他说，你管事了，要学习。吕蒙说，我很忙啊，没时间学。孙权说，我又不是要你当博士！——那会儿博士的意思是研究经学的学者——我就是要你读读书，了解历史。你忙，能比我忙？我也读书，我觉得益处很多啊！

然后吕蒙就开始读书。稍后跟鲁肃交流，鲁肃说，哎呀，我以为兄弟你只懂武略，没想到现在学识渊博，已经不是当年吴下阿蒙了。吕蒙说："士别三日，即更刮目相待。"听来很励志，读书了才能提高智商。但其实，吕蒙一直很聪明。他之前不读书的时候，没文化，但一直是聪明的。

　　吕蒙出身一般，他姐夫邓当是孙策手下。吕蒙十六岁偷偷跟姐夫出战，把姐夫吓坏了。吕蒙回去跟他妈说，我是要上进，要脱贫，这才冒险。吕蒙小时候脾气极差，被人轻视了就会杀人，是个很剽悍的青年。之后吕蒙一直跟着孙策做武官。孙策死了，孙权要重新编队，想裁撤一些小部队。吕蒙就想办法了：赊账借钱，让自家的部队穿深红色制服和绑腿，勤加训练，检阅部队的时候特别好看。孙权说，好，不裁你了，继续用！这是吕蒙第一次用计。

　　之后吕蒙就一直作为军官随军出战，军功不少。周瑜带兵打南郡对付曹仁时，甘宁被围攻，吕蒙就跟周瑜推荐凌统指挥主军队，周瑜自己去救甘宁；又建议周瑜把山路截断，来获得曹军的马匹。大概，连周瑜都爱听吕蒙献计。后来吕蒙建议孙权去打皖城，又建议甘宁带头强攻，果然一举拿下。从此，孙权对吕蒙也言听计从了。再后来，东吴与刘备有荆州的争端，孙权派吕蒙去拿下零陵，但听说关羽来了，就让吕蒙收兵，协助鲁肃对付关羽。吕蒙接到书信，藏起来，不跟手下说；就攻打零陵，再招人去劝降，把零陵守将郝普骗投降了，好，把书信给他看：其实刘备的援军都快到啦！你中计啦！所以，吕蒙一向不缺狡猾。

　　公元217年，鲁肃死了。吕蒙接替了鲁肃，当时就存心要偷袭荆州，于是对关羽加倍殷勤，打好关系。一年半后，关羽北伐，这时吕蒙就跟孙权献了人生最后一个策：对外宣传吕蒙生病，休息去了，让当时还没名气的陆逊代替吕蒙，让关羽松懈。于是就有了著名的白衣渡江，偷袭荆州。

考虑到吕蒙拿下荆州后，很快就死了。我很怀疑他当时不是装病，是真病。他最后袭取荆州这一下，真是用生命做赌注。我很怀疑关羽这种老江湖，怎么会被吕蒙骗到？如果吕蒙是真病，关羽一听，嗯，真病，那的确可以放松些——没想到吕蒙临死还来这一下子。所以咯：吕蒙不是读了书才厉害，他是一直很狡猾，善于用策谋。

吕蒙真正最强的秘密，除了勤奋好学，除了狡猾用策谋，还有一点别的。孙权刚接班的时候，东吴最大的两组势力，周瑜和鲁肃代表割据派，顾陆朱张代表东吴大族。赤壁之战，周瑜主战派得胜，就是割据派压倒了士族。当时东吴大将程普、黄盖、韩当，都是跟着周瑜去打赤壁之战的。孙权接班之后，从下层军官里提拔上来一批人。有些是孙策时代就在的，比如蒋钦、周泰、陈武、董袭，还有吕蒙。有些是孙权自己提拔的，比如甘宁、凌统、徐盛、潘璋。这一批人，就是孙权自己的班子。

在周瑜时代，吕蒙推荐过凌统担当代理主帅；攻打皖城，又推荐甘宁做先锋。他一直在帮孙权推自己人。孙权提拔的这拨将领有个特点：多是粗人，难免没谱。比如潘璋，军队里搞买卖，还杀人抢钱。孙权一般都原谅了。最粗猛的是甘宁，以前是水贼，作风很粗鲁。他的一个厨子犯下过失，为了避罪而投靠吕蒙。甘宁带着礼物拜候吕蒙母亲，吕蒙把厨子还给甘宁，甘宁许诺：我不会杀掉他！回去就杀了。自己躺在船上。吕蒙怒了，想召集部队上船打甘宁。吕蒙的母亲就出来劝吕蒙：孙权待你如骨肉，将大事托付于你，怎可因为私怨就攻杀甘宁？甘宁死了的话，就算至尊不追究此事，你身为臣下却已违犯臣下之道了。吕蒙于是上甘宁的船，笑道：兴霸，家母正要招待你一起吃饭，快些上来吧！甘宁惭愧了，流泪说：是我有负于你啊！后来凌统和甘宁不合，酒席间舞剑要打起来，吕蒙就说我会舞刀牌，在中间把俩人隔开。

有趣的是，此前吕蒙嘲讽郝普不肯投降，是想坚持忠义，却不识时务："郝子太闻世间有忠义之事，亦欲为之，而不知时也。"于是他去诓骗了郝普，是所谓"谲郝普"。

大概到最后，吕蒙都是一个纯粹的现实主义者。他十六岁就出征，一辈子在冒险，一直在求上进。他那些阴谋诡计，包括装病偷袭关羽，都是如此，利用一切可能向上爬。他知道孙权需要自己的班子，所以孙权要什么，他就努力去做到。他之所以是东吴第三任都督，就在于这帮蛮横的将领里，他是最有大局观的。包括士别三日刮目相待，也只是听孙权话的一部分。他学这些多有用，未必，但孙权需要有个上得了台面的将军，好，吕蒙就去学习。终于为孙权拿下了荆州。

上进、诡谲但有效。甚至连自己的病，都可以作为赌博与筹码。

第二乐章　成败

兵贵神速

兵贵神速，自是至理名言。谁说的呢？

《孙子兵法》也说过"兵之情主速"，但"兵贵神速"四字，首出曹操的名谋士郭嘉。《三国志·郭嘉传》里，曹操征袁尚与乌丸，到易，郭嘉劝他："兵贵神速！"接着就是一段至理名言：

> 今千里袭人，辎重多，难以趣利……不如留辎重，轻兵兼道以出，掩其不意。

千里奔袭作战，辎重多，难以获得有利的时机，不如把粮草留在这，轻装出发，出其不意。曹操听从了，于是急出卢龙塞，白狼山一战斩蹋顿。

曹操极知道速度与决断的重要。毕竟此前七年，在官渡，他与袁绍相持良久，下决心袭乌巢，一战而胜。耗得久了，军疲气堕，则易生变。财用粮秣都会不足。有机会一击制胜，曹操总乐意赌一把。定了北方后，又袭荆州；曹操又一次放弃辎重，轻军到襄阳；听说刘备过去了，曹操亲将精骑五千急追，一日一夜行三百余里，在当阳长坂追上了刘备军。虽说成就了赵云救阿斗的传说、张飞踞桥的威名，但这一仗终归是曹操的闪击战赢了：曹操是真的快。

都说诸葛一生唯谨慎，其实诸葛亮也很快。诸葛亮首次北伐是 228 年春天，大张旗鼓，由赵云与邓芝走东线斜谷道取郿，吸引了曹真的注意力；诸葛亮自己走陇右。《魏略》说得明白：刘备逝后，蜀汉几年没动静，曹魏没戒心；"卒闻亮出，朝野恐惧"，于是陇右三郡一起响应诸葛亮。这一下先声夺人，漂亮之极。可惜之后便是著名的街亭之战，马谡败北，诸葛亮退兵，一伐到此为止。马谡应对失当固然是原因，曹魏的大将张郃也来得太快了。

张郃擅长计算诸葛亮的速度，让诸葛亮颇为忌惮他。诸葛亮二次北伐，是轻兵袭陈仓。快固然是快。曹叡紧张地问张郃，张郃计算说，诸葛亮孤军深入，大概没太多粮草，掐指算来，撑不过十天。果然后来张郃援军到达时，诸葛亮已经退兵了。

所谓速度，往往建立在放弃辎重的基础上。军队的活动范围与补给密切相关，所以以《三国志·诸葛亮传》写诸葛亮第四次北伐时，很明白地说："九年，亮复出祁山，以木牛运。"粮食充足，来去自如，打了司马懿一个"甲首三千"。粮尽退兵时，又射杀了张郃。这一次，既是兵法的成功，也是科技的成功：木牛，连弩。科技是第一生产力。

张郃死了，但司马懿算到诸葛亮必得过三年才出。果然诸葛亮这三年认真屯粮，然后走斜谷，"以流马运"，到了五丈原。所以连老版《三国演义》电视剧都安排司马懿垂涎木牛流马，找机会去骑一下……

曹操精骑五千，一日一夜行三百里到当阳追杀刘备，真快。那曹家最快的是谁呢？曹魏士兵歌谣曰："典军校尉夏侯渊，三日五百，六日一千。"有意思的是，这么快的夏侯渊，早年战绩并不多。《三国志·夏侯渊传》记载，他第一次在战役里露脸，是昌豨反叛，于禁独自搞不定，夏侯渊去帮忙。那时官渡之战都过去七年了。七年里夏侯渊主要在干吗呢？"绍破，使督兖、豫、徐州军粮；时军食少，渊传馈相继，军以复振。"夏侯渊一直在忙着运军粮。大概他卓越的速度，在运粮时也体现得很快吧。曹操征战期间后续粮草多重要，看曹家屯田、官渡大战时自然懂得。

夏侯渊孜孜不倦地运粮，是曹家的命脉。这份运粮本事终于有兑现的一天。公元 214 年春，马超在西北闹事，围攻祁山，夏侯渊令大将张郃率精锐马步军五千为前锋出陈仓，走小道出其不意地奔袭。要快，怎么保证？夏侯渊亲自统领中军督运粮草随后出发，迅速增援祁山。韩遂得知夏侯渊突袭马超，吓得丢弃粮草辎重逃跑。夏侯渊收其军粮后，继续追击韩遂，直至略阳城。从春天出师到十月基本结束，夏侯渊转战千里，连克强敌，威震凉州。

这一切都得益于夏侯渊的补给速度，又以战养战，保证补给不间断。于是曹操给夏侯渊假节，也就放心由他统诸将讨宋建，是所谓"虎步关右"。宋建割据三十年，他所在的枹罕是祁山再往西，今甘肃临夏，去长安一千五百里。夏侯渊只花一个月时间就搞定了宋建。有这样的补给优势在，夏侯渊打起来自然没有后顾之忧，四处牵着敌人走。

当补给充足了，才可以掌握整个战局的节奏。

诸葛亮真正的对手

诸葛亮北伐，真正的对手是谁呢？

《三国演义》的读者会觉得是司马懿。但论正史未必是他。就像姜维北伐时遇到陈泰郭淮，可能还多过邓艾，但读《演义》多的诸位，都觉得姜邓才是夙敌。

且说228年春天，诸葛亮第一次北伐，曹魏大将军曹真为督，但跟诸葛亮没对上位：街亭之战是张郃打马谡，郭淮与高翔也在附近。诸葛亮第二次北伐是228年冬天，急行军围陈仓，攻郝昭。张郃驰援时，诸葛亮已退，顺手斩了王双。过了一个季度，229年开春了，诸葛亮西出建威，牵制郭淮，陈式拿下武都与阴平，是所谓第三次北伐。230年夏天，曹魏反客为主，前来讨蜀。结果夏侯霸被打走；曹真因大雨,一个月才走了一半路程,只得撤兵;魏延和吴懿打跑了郭淮与费曜。这次防御战被罗贯中夸成了一次北伐。正史诸葛亮五次北伐,《三国演义》里却是六出祁山。多出来的,就是这一次。

下一年春天,诸葛亮第四次北伐,以木牛运粮。当时曹真病重,不久死去。司马懿终于迎战诸葛亮,诸葛亮晃过司马懿,到上邽割麦,然后又逼得司马懿畏蜀如虎,打出了甲首三千的战绩。消耗到夏天,诸葛亮粮尽退兵,回马枪斩了张郃。三年后第五次北伐,诸葛亮先用木牛流马将粮草堆到斜谷邸阁,然后出斜谷口,到渭水南,来到了宿命之地五丈原。之后司马懿坚守,还玩出了千里请战、接受女衣等小动作。诸葛亮就在曹魏门前种田。两面熬了四个月,到八月,诸葛亮病倒逝去,星落秋风五丈原。

合计五次北伐中,诸葛亮遭遇司马懿两次:四、五伐。遭遇张郃三次:一、二、四伐。遭遇曹真一次:一伐,而且没对位。遭遇郭淮四次:一伐郭淮参与抵御,三伐郭淮在建威躲开诸葛亮,四、五伐郭淮都是司马懿的属下。如果算上曹魏征蜀失败,魏延打跑了郭淮,郭淮真是诸葛亮宿敌了。郭淮后来又挡下过姜维三次北伐,真是蜀汉老熟人了。当然,郭淮历次都不算主将。而诸葛亮真正头疼的对手,既不是司马懿与曹真,当然也不是郭淮。

《三国演义》认为诸葛亮出山辅佐刘备，乃是逆天而行。司马徽都感叹："卧龙虽得其主，不得其时，惜哉！"说诸葛亮的对手是天命，也差不多。但唯物主义者不讲天命，还得看现实。蜀汉本身的地形，易守难攻，曹操回忆起讨汉中，说简直是五百里的石穴。反过来蜀汉要打曹魏，也不容易。诸葛亮要北伐取长安，可以走东线或西线。西线就是向陇右出祁山，道路平顺，就是太迂回；东线就是走斜谷道、子午道、褒斜道或者出散关，但是太艰难。诸葛亮二伐时走过一次散关，但那只适合轻兵突袭；一伐时赵云走了褒斜道，那是个假动作。一、三和四伐，诸葛亮都走了西线，就是罗贯中所谓出祁山。史念海先生说过，诸葛亮走陇右是因为："若是不取得凉州，则无由获致兵源与马匹，也无由解决军粮的问题。"

诸葛亮二伐出散关，轻兵出去的。《三国志》里这段很是有趣。曹叡听说诸葛亮来了，很紧张，很怕诸葛亮要拿下陈仓了，可是打了近半个世纪仗的老兵油子张郃掐指一算，说诸葛亮没粮草，我没到他就走了。轻松得很。诸葛亮四伐，晃过司马懿，割了上邽的麦子，这叫因粮于敌。但撑到了六月，还是要退兵：因为李严那边，粮草供应不上了。

228—231 年，诸葛亮北伐四次，但下一次北伐要三年后了。这事司马懿也猜到了——不是他会算命，只是他跟张郃似的，懂得计算粮食。《晋书·宣帝传》一向爱吹嘘司马懿的不实战绩，但有个细节我估计是真的：杜袭薛悌都认为诸葛亮等麦熟就要再次出战，司马懿却认为，诸葛亮要等个三年，积累够粮草才行。

果然，三年后诸葛亮又来了。这三年诸葛亮当然没闲着，《三国志·后主传》说：

> 十年，亮休士劝农于黄沙，作流马木牛毕，教兵讲武。
>
> 十一年冬，亮使诸军运米，集于斜谷口，治斜谷邸阁。

劝农，是为了多点粮食；做流马木牛，是为了运粮。冬天让大家把米运到斜谷口，搞斜谷邸阁这个大粮仓。终于到234年即建兴十二年，动手了。《三国志·诸葛亮传》描述诸葛亮这次北伐，打仗的事没怎么提，都在说粮食：

> 十二年春，亮悉大众由斜谷出，以流马运，据武功五丈原，与司马宣王对于渭南。亮每患粮不继，使己志不申，是以分兵屯田，为久驻之基。耕者杂于渭滨居民之间，而百姓安堵，军无私焉。

诸葛亮在斜谷预备了粮食，预备了流马来运输，还派人屯田，跟当地老百姓和睦相处，在曹魏家门前种田。这回司马懿没辙了。打，三年前已经输过了。只好守。二伐，诸葛亮打了一个月就回去了。四伐，诸葛亮春天出兵，割了麦子，撑到了六月。五伐，诸葛亮还是春天出兵，到八月都游刃有余：三年积蓄的粮草，派上用场了。但诸葛亮自己，撑不住了。

下面这事太有名，《三国志》和《三国演义》里都有。司马懿问蜀汉的人，诸葛亮起居饮食如何？答曰：诸葛亮夙兴夜寐，事必躬亲，所吃不过数升。司马懿就判断：诸葛亮要死了。

三国两晋时，十升一斗，十斗一斛——就是曹操小斛分粮、杀了粮官那个斛。《三国志·邓艾传》里，邓艾曾经跟司马懿建议屯田，做过计算："六七年间，可积三千万斛于淮上，此则十万之众五年食也。"三千万斛是十万军五年的粮食，则一个人每年吃六十斛，合六千升。诸葛亮那年五十四岁，身高八尺（折合现在超过 184 厘米），年纪不轻，消耗极大，却吃不到数升，终于自己身体不行了。

大概诸葛亮真正最头疼的，从来不是司马懿或曹真，也不是天意，而是粮草，是人类吃的基本生理需求。历次北伐，他真正用心的都是粮草。至于曹魏的对手，只好任诸葛亮自来自去：战则败，追则被斩，只好闭门等诸葛亮断粮。

诸葛亮终于在五伐时喂饱了士兵，解决了粮食问题，自己却吃不下什么了。后世虽然爱将各色美食的发明权推到诸葛亮身上。他活着的时候，麾下士兵与民秋毫无犯，川中人民都还吃得饱肚子。而他一个湖北女婿山东人，平常在四川吃东西，最后在秋天的黄土台原，什么都吃不下了。

经天纬地之才，也要受制于基本的饮食规律啊！

诸葛亮摇着羽扇，在秋风中逝去了

　　诸葛亮配羽毛扇，历来图像皆如此。然而通观《三国志·诸葛亮传》，无一扇字。苏轼写周瑜的名句，"羽扇纶巾，谈笑间，樯橹灰飞烟灭"，倒是流传千古。所以诸葛亮真拿扇子吗？还是说，扇子该归周瑜？

　　《世说补》里有所谓：

　　　　诸葛武侯与司马宣王治军渭滨，克日交战，宣王戎服莅事，使人视武侯，独乘素舆，葛巾毛扇，指麾三军，随其进止。宣王叹曰："诸葛君可谓名士矣！"

　　司马懿和诸葛亮在渭水对峙，司马懿一身戎装，诸葛亮坐素舆、着葛巾、持毛扇，指挥三军。司马懿感叹：诸葛亮真可谓名士！诸葛亮持扇，本出于此。

后来的戏曲小说里，都给诸葛亮配扇子；《三国演义》沿袭之，强化之，让诸葛亮拿扇子的形象深入人心；加上演义里诸葛亮神机妙算，让周瑜感叹鬼神莫测、能夺天地造化功，所以后来者也就一应承袭。后来评书小说，军师如朱武、吴用，甚至徐茂公、宋献策，都执羽扇。更有民间传说，诸葛亮的扇子是黄夫人送的，上面有各色阴阳八卦锦囊妙计。大概诸葛亮的羽扇与他传说中"多智而近妖"一起，成了后来神机妙算军师们的标配。

但羽扇的重点，倒未必是神机妙算。三国两晋南北朝，如诸葛亮般潇洒的案例，也有。《晋书·羊祜传》说羊祜：

> 在军常轻裘缓带，身不被甲，铃阁之下，侍卫者不过十数人，而颇以畋渔废政。尝欲夜出，军司徐胤执棨当营门曰："将军都督万里，安可轻脱！将军之安危，亦国家之安危也。胤今日若死，此门乃开耳。"祜改容谢之，此后稀出矣。

羊祜在军队时不披甲，穿得轻简潇洒，身边也不过十来个侍从——正应诸葛亮素舆葛巾羽扇的做派。

羊祜想半夜出门溜达，徐胤挡着不让他出门，说将军你太轻脱了，可别把自己浪没了！羊祜敬重徐胤的意见，不出门了。大概这么潇洒从容的打扮与做派，在手下人眼里其实颇为危险，于是忠言直谏。

羊祜与诸葛亮这么打扮，不只是为了帅气潇洒有名士风范，也显出来他们是真勇，也真有把握。后来南朝梁第一名将韦睿，算是个南北朝诸葛亮。他老人家身体不太好，打仗时不骑马，就坐着板舆、手持白角如意督励诸军，跟诸葛亮坐素舆执扇指挥三军颇为相似。然而韦睿，别看是个羸弱不骑马的老头，却出了名的勇。

攻北魏小岘城时，众人犹疑，他主动攻击。打合肥，众人劝他退，他非要打。平合肥后退兵，他亲自坐小舆断后，北魏远远看着，这老头真勇，不敢追他。钟离之战，韦睿先以二千强弩击伤南北朝时代顶尖猛将杨大眼，再坐板舆持白角如意对阵北魏中山王元英；乱箭射来，韦睿的儿子韦黯请他退，韦睿不退，厉声喝止军队的骚乱，终于维持局面，后来水攻，破了北魏号称的百万大军。

这跟羽扇有啥关系？

冷兵器时代，将军的姿态很重要。英国史上传奇的黑斯廷斯之战有个经典细节。征服者威廉一度落马，当时情势混乱，眼看要糟，于是威廉赶紧另找了匹马，头盔往脑后一推，让大家看清他的脸，奔驰叫喊：请大家看着我，我还好好活着！这么做其实很危险，但极有必要。将军得让麾下看得到，不能净躲在后面喊口号。

韦睿争堤之战时，曾被众人劝退，他便把伞扇麾盖立在堤下，表示我人就在这里了，不动。想象一个普通士兵，远远一看：哦老爷子的伞盖在呢！他平时亲自断后，又不骑马，逃也逃不走的，说明有得打！大家拼啊！韦睿的不避箭、亲断后、板舆白角如意，是一整套做派。他这么潇洒地一站，有点冒险，有些轻脱，却是士气最好的信心来源。类似于羊祜在军营里不穿甲，侍卫也不多，还爱没事出去溜达，都让人相信：没事，稳着呢！

现在回头看，当日司马懿和诸葛亮对峙，司马懿一身戎装，诸葛亮板舆持扇，差距就出来了。诸葛亮在军前这么一立，比什么鼓励言辞都管用，全军自然都懂：丞相敢不穿甲，拿把扇子指挥三军，那是对咱们信赖到了极点！咱们可不得为丞相拼命吗！反过来司马懿估计也心虚，类似于北魏军看韦睿坐板舆断后：他这么敢玩，我们搞不搞得定哦？

袁准这么夸诸葛亮："亮之行军，安静而坚重；安静则易动，坚重则可以进退。亮法令明，赏罚信，士卒用命，赴险而不顾，此所以能斗也。"安静而坚重。因为稳，所以举重若轻。所以正史上诸葛亮持羽扇举重若轻的背后，是对自己与全军十足的信心。尤其得比照一身戎装的司马懿来看：再说什么治军如神将士用命，都不如主帅拿把扇子不穿盔甲往阵前一站来得有用。毕竟事实也是：诸葛亮轻摇羽扇，也不动如山；他活着，司马懿便不能犯他；他不在了，都会来一出"死诸葛能走生仲达"。尤其考虑到，诸葛亮当时板舆葛巾毛扇的名士风范，已经是病中了。在车里摇扇的诸葛亮，其实已经命不久长。

小说《三国演义》里，诸葛亮是殁于军帐之中，病床之上。临终前还在被李福问：谁能继任？诸葛亮答了蒋琬和费祎，然后不说话了。"众将近前视之，已薨矣。"电视剧里，诸葛亮星落五丈原，是让诸葛亮巡视军阵，殁于车上。这一处修改，细想很妙：就此强调，诸葛亮是死于军中，而不是死在病床上。

按《三国志·诸葛亮传》，诸葛亮是在军中病死的。某种程度上，也算马革裹尸，死于阵前。"亮疾病，卒于军，时年五十四。"历来都会强调，诸葛亮鞠躬尽瘁死而后已，殚精竭虑终于油尽灯枯。但回看他的日程，则他的劳累可能来自长久的军旅生活。战争，尤其高强度的战争，有多消耗人，稍微了解点军史的诸位自然明白。只说三国，不提战死的人们，只说在战争中活下来的人们的战后：黄忠和法正都在汉中之战立过大功，打了胜仗一年后，没了。刘备夷陵败北后一年多，没了。曹仁濡须之败后两年，没了。袁绍官渡之后两年，仓亭之败后一年，没了。司马师平定毌丘俭、文钦之乱，回程中没了。周瑜赤壁之后连着打南郡，三十六岁，没了。郭嘉跟着曹操北征，三十八岁，没了。军旅生活，身体差一点的，一场大战役可能就熬得死人。如果经年累月打仗，身体还能不出问题，那都不是人类了。诸葛亮治蜀，"政事无巨细，咸决于亮"，什么都要操心。看看诸葛亮的日程：

225 年，春天南征，秋天平定。治戎讲武，开始筹备。

227 年，筹备好了，准备出发，写《出师表》。

228 年，春天北伐，得三郡，失街亭，斩马谡。十一月，写《后出师表》。冬天急速出击，围了陈仓，回来。

229 年，变向出击，拿下武都、阴平。

230 年，曹真来袭，迎击。

231 年，出祁山北伐，回撤时做掉张郃。

234 年，北伐，秋天在五丈原前线，殁了。

诸葛亮逝世后，诏策说他"无岁不征"，每年都出征。那个没有现代医学与营养的时代，在四十四岁到五十四岁期间——现在算中年，当时算老年——对内"咸决于亮"，对外"无岁不征"，日常生活基本在军旅度过。且他在军中可不是看看文艺表演、吃吃开心小灶，车辚辚马萧萧，南到云南"深入不毛"，北到天水、祁山、五丈原，吹着大风，每天都要考虑出生入死，还要"夙兴夜寐，罚二十以上，皆亲揽焉；所啖食不至数升"。

对公元 234 年的成都百姓而言，丞相春天出征，秋天睡在棺木里回来。他死在阵前军中，没有死在自家病床上，更多一份尽瘁的悲壮。

威震华夏

诸葛亮《隆中对》道：

> 天下有变，则命一上将将荆州之军以向宛、洛，将军身率益州之众出于秦川，百姓孰敢不箪食壶浆以迎将军者乎？诚如是，则霸业可成，汉室可兴矣。

他的理想：一路益州，一路宛洛，钳形攻势。事实上他出山十几年后，构想一度几乎成真：刘备取下汉中后，关羽带荆州军北向，打得很成功：把曹仁围在樊城，水淹七军破了于禁，斩了庞德，逼得曹操要迁都。眼看就是"秦川、宛洛"两个方向的成功了。而当时的关羽，史书所谓"威震华夏"。这是关羽自己，也是刘备势力的巅峰时刻。

然后就迎来了一系列故事，民间简单总结为"大意失荆州"，仿佛关羽丢荆州，就是一时大意。之后刘备势力江河日下，白帝托孤，诸葛亮只手擎天北伐，故事一路朝悲情走过去了。说来说去，似乎都糟在关羽的"大意"上。

但关羽威震华夏的时光猝然终结，真是大意吗？

往前推十来年。当年刘表病死，曹操克襄阳，刘备带百姓南走。曹操轻骑追，不让刘备入江陵，遂发生当阳之战，成就赵云救主、张飞断桥的传奇。后来曹操赤壁败北，曹仁守江陵，与周瑜大战经年，最后丢了南郡，走了。其间，关羽执行了著名的绝北道：遮绝襄阳与江陵之间。当时曹魏未来的太尉满宠、五子良将之徐晃李通都与关羽作战过，没有赢的记录。

《三国志》的一个原则，是所谓夸胜讳败。且以曹魏为正统，兼蜀汉史料不齐，所以显得曹魏那边战绩特别好。一个将军的胜利得在本传找，败绩得到别的传里抠。当日周瑜击退曹仁取了南郡，关羽遮绝北道而曹魏打他的诸将均无胜利记录。之后江陵归刘备所有，襄阳由曹魏占据，近十年的对峙开始。刘备入蜀后，坐镇江陵的就是关羽。五子良将之一的乐进，在襄阳与关羽发生摩擦。213 年前后，乐进去了东线合肥。荆州这里，曹仁行征南将军，假节，屯樊。之前乐进负责荆州方面，但到合肥后，与张辽李典等七千人屯合肥，没升职。曹仁屯在汉水北的樊，而非汉水南的襄阳，防守重心明显后撤了，显然关羽与乐进这一番，是关羽占了便宜。

公元218年，曹操派征南将军曹仁，假节，镇荆北，对付关羽。十月，曹仁治下宛城守将侯音结连关羽。曹仁回去平叛，219年正月，曹仁屠宛城。关羽抓住时机，自江陵出发北伐。刘备的小舅子南郡太守糜芳留守江陵。关羽出兵之前，南郡城中失火，烧了军需，关羽本来要找糜芳的麻烦，但也只来得及说"还而治之"。

关羽北伐的时机并不能说不对：当时曹操麾下西线名将夏侯渊战死，曹操自己在汉中和刘备鏖战经年，被迫退却，元气大伤；当然刘备的蜀中，其实也"男子当战，女子当运"，近乎山穷水尽。刘备称汉中王后，派费诗去关羽处，授他假节钺。这意思：关羽便宜行事吧。

关羽北伐，第一份战利品是曹仁和满宠。曹仁自己是曹家名将，号称"贲育弗加之勇"，论勇武评价，还在张辽之上；又善于防守，当年赤壁之战后大局不利，都能死扛周瑜一年，未来可是曹魏的大司马大将军，这时却被关羽打到只剩几千人守城。还亏满宠在帮衬鼓励他。这两个曹魏未来的大将军和太尉，此刻被关羽围在樊的泥水之中。多年后满宠在合肥让孙权无可奈何时，不知道是否记得起樊城的大雨中，城下耀武扬威的关羽？

于是曹魏的于禁出战了：左将军、假节钺，军法威重，当年在附近的宛城临乱不败打出关键反击的男子，然而219年八月，大水暴涨，小说里所谓关羽"水淹七军"，正史里是关羽擒了于禁，斩了庞德，于禁七军尽没，关羽收容的降兵就有三万之多。三万是什么概念？刘备后来打陆逊，倾蜀汉之兵不过四万；周瑜战赤壁，不过三万人。关羽兵力并没优势，却打得对面主将龟缩，活捉三万人，实在是惊人大捷。

话说，关羽围樊的同时，还围着襄阳，汉水南北两城都被他围着。他的水军舟船能直抵樊城城下，很明白，汉水水路被关羽控制了。这也多少能解释，曹仁先前不屯汉南的襄阳，要退到汉北的樊城。

至此，关羽主动进攻，客场作战，围了曹魏大司马曹仁和太尉满宠，击破了五子良将中的于禁。当时曹家几位大将，夏侯渊已死，曹仁被关羽围住，于禁被擒，徐晃被派来驰援但不敢当关羽锋芒，只好驻军原地；张辽在东线合肥。眼看关羽兵锋离许昌不远了，曹操终于紧张，打算迁都了。想曹操一辈子没跟困难低过头，官渡时一度巨大劣势都死守不退的老奸雄，从来人倒架不倒，输人不输阵，赤壁败了都嘴硬说是自己把船烧了跑路，让周瑜捞了名气。他居然要迁都？

这就是史书所谓，关羽的"威震华夏"。

然而，三国历史最关键的转折时刻之一到来了。孙权向曹操示意，愿意倒戈一击，背后攻击关羽。那是219年十月的事。于是五子良将里的徐晃登场。徐晃的打法，素称畏慎。关羽是围点打援，徐晃也明白，耐心地等，等十二营援兵到了才打。徐晃声东击西，假装打围头屯，实际打四冢屯。关羽带五千人出战。五千人，也就是曹操带去袭乌巢的兵力；按关羽当日，上庸不来救，后方还留了不少人给糜国舅，加上战损，是真的兵少了，徐晃的兵力优势太大了。于是关羽退走。

这时徐晃做了一生最险的事："遂追陷与俱入围，破之。"一个历来谨慎的人，忽然这么勇地果断出击，真是很出人意料。后来曹操表彰徐晃这么敢打，自己从所未见。成语"长驱直入"来了。

然后孙权出击，背刺了关羽。按前述，关羽北伐前，糜芳和士仁已经捅过娄子，但糜芳是国舅爷，关羽也只能留他守江陵了事。关羽在樊城获得了假节钺的权威后，等于有了尚方宝剑，就告诉糜芳一声"还当治之"。糜芳当然怕他回来秋后算账，于是就应了孙权的劝降。本来关羽在荆南，经营江陵、公安十年之久，坚固之极；如果糜芳和士仁死守，东吴虽然偷袭，未必能迅速得手。但糜芳一卖掉江陵，关羽失了根本，军心离散，无力回天了。

这个故事，对每个当事人的意义：曹仁在几年后将成为大司马、大将军，当时在曹魏诸将中大概仅次于夏侯惇，他在樊城固守，斩马立誓，宣布死守，是条汉子。但那时，看着城外飘扬的"关"字旗，作为一个少年游荡、中年严谨、与周瑜刘备都鏖战过的猛将，会不会有一种绝望感？

于禁被擒时是左将军，假节钺。当时曹操属下，除了夏侯惇，差不多就他最高了，"最号毅重"，非常的刚毅稳重，非常的严格。宛城之战时夏侯惇所部劫掠民间，他当场就杀。曹操想夺朱灵的兵符，派于禁去，于禁直接解决问题，朱灵全军被他威慑，不敢动。就是这么个刚毅正经、一丝不苟、执法严明的人，老来降了，晚节不保。曹操感叹："吾知禁三十年，何意临危处难，反不如庞德邪！"后来曹丕还故意让于禁羞愧死。是真的荣华一世，倒霉一时。

对徐晃而言，这是他一生的光辉时刻。此前他远离樊城，不去救援，属下抱怨；但他耐心地等来了援军，等来了孙权的投诚，等来了出击时刻。在与关羽对决时，他甚至做了经典的阵前宣言：先跟关羽问好，再宣布要杀他，"今日乃国家之事，某不敢以私废公"。虽然是以多打少，但他到底解了樊城之围。也因此，他得以列名五子良将。

对孙权而言，他的选择不难理解。吕蒙说得够通透了：打合肥，再取徐州，东吴也守不住；还不如偷袭关羽，全取长江，对东吴更合算。道义上，孙权从来不是个君子，晚年尤其如此。他这个选择，着实不算光明正大，但对东吴的存续很重要。先前，孙权想要跟关羽结亲，被关羽骂回去了——您可以说，关羽不近人情；但反过来想想，一个地方守将和他国诸侯结亲，这事儿刘备倘若知道，会怎么想呢？孙权这玩法很阴险，明摆着离间嘛。

对糜芳而言，他做了个很奇怪的选择。关羽说"还当治之"，要查他的罪，但他毕竟是国舅爷，他的哥哥糜竺还在朝中；他投降了东吴，也没得什么好处，被虞翻嘲骂，被后世唾弃。他为何这么做？是明哲保身吗？还是，我们能想远一点：当时刘备已经娶了吴夫人，吴夫人的兄弟吴懿和吴班已经得势，所以，糜芳感受到压力了？

关羽率军北伐，留了国舅爷守后方，围曹仁、斩庞德、捉于禁，逼得曹操要迁都，形势一片大好，威震华夏；结果盟友背后捅刀子，这或者还能料到；国舅爷糜芳居然倒戈，这就始料未及了。

关羽就此被绞杀——算是大意吗？确切来说，不是：盟友忽然翻脸，自家国舅爷倒戈，这两件事同时发生，实在太小概率了。在他的辉煌落幕的时候，关羽掌握半个荆州的兵力，在汉水边上战斗。围困曹仁、干掉于禁、对抗徐晃，逼曹操谋划迁都，而在他背后，还有整个东吴在捅他的刀子。对付他的，除了孙权，还有吕蒙和陆逊这两位大都督级的人物。就像当日垓下，刘邦会合诸军，韩信、英布、彭越等诸侯，以多胜少才干掉项羽似的；当日魏吴两国，真是把精锐一起派上阵来，正面强攻、援军派递、偷袭、劝降，于是干掉了关羽。这时距离他"威震华夏"，也才两个多月。

关羽是万人敌的猛将，威震华夏的刚直汉子，喜好《春秋》的国士。他的辉煌和倒下，都来源于此。他是个刚而易折的武者，所以在乱世被人在背后捅刀子干掉，仿佛命数使然；但由此而获得后世尊敬，也很正常——这个世界并不一定总是崇拜成功者的。毕竟他"威震华夏"的时光，虽然短促，但是辉煌明亮，配上旷世的勇武和顶天立地、甚至有些过分的刚直——这就是东汉末年，世人眼里万人之敌、刚直高傲的关羽。

走麦城

不说正史，只指《三国演义》这一折，走麦城是我所见所有叙事作品里，铺垫最实的极盛转衰大悲剧之一，又不只是"关羽殒落"这么简单。

对读史人而言，走麦城是一个老将殒命的故事。黄仁宇先生在《中国大历史》中轻描淡写地说："在真实生活里，关羽刚傲而缺乏处世的谨慎周详，他不顾利害让自己两面受敌，弄到战败授首，比曹操早死一个月。"他站位高，口吻冷静，但的确，对相当多不在乎蜀汉的读者而言，大概关羽只是漫长历史中无数丧命的武将之一。

对历史爱好者，尤其代入蜀汉角度的读者而言，这是本国第一名将、三国顶尖斗将、一个富有浪漫性格与传奇经历的猛将殒落，势不免为之扼腕痛心。然而从《三国演义》这本小说的角度，走麦城却是铺垫了全书近乎三分之二，极盛转衰半空爆炸的大悲剧。《三国演义》的大结构，老版电视剧分得很好，五大部：逐鹿中原，赤壁鏖兵，鼎足三分，南征北战，三国归晋。原著小说一百二十回，也可按这个结构分：

第一到三十三回，跨度约三十年，讲述曹操统一北方，刘备避居荆襄。主角刘备方，大反派曹操方，配角东吴方就位。

三十四到五十七回，跨度约三年，讲述赤壁之战前后，是诸葛亮出山，刘备方低谷崛起。

五十八到七十四回，跨度约十年，讲述刘备入蜀定汉中，鼎足三分，关羽水淹七军威震华夏。

七十五到一百〇五回，跨度约十四年，关羽、曹操、刘备、张飞先后逝世，诸葛亮逆境之中强撑，直到星落秋风五丈原。

一百〇五到一百二十回，跨度约四十六年，其中一百〇六到一百一十九回跨度三十年，三国归晋。

读者的思路大概如下：先是大反派曹操的成长与刘备的蛰伏，低谷开局；然后诸葛亮出山、赤壁之战与刘备的崛起，看到希望（最详细出彩的部分）；接下来鼎足三分到关羽威震华夏，极盛期；然后就走麦城，半空爆炸，转折点；再是白帝城到五丈原，漫长的悲剧；最后三分归晋。

我一直觉得其他演义，比如封神、东周列国、五代残唐，比起三国，差的就是这么个详略和结构。名为《三国演义》，实则小说并不对三家均分，而是以刘备方为主视角，一段崛起、鼎足巅峰到黯然落幕的悲剧。星落秋风五丈原是悲剧事实上的结局，三分归晋那段算是余波了——作者和读者，都是把姜维当作诸葛亮的延续看待的。

由盛到衰的关键，就是走麦城。

五丈原是漫长悲剧到了低谷，但之前毕竟有走麦城、白帝城做铺垫；越走越低，终于星落声灭。秋风入骨的寒冷。走麦城却是全盛期，空中炸裂，是灿烂到冰窟的转换。

看走麦城之前，铺垫得多厚实？此前刘备方的低谷，是二十四回徐州被打散，然后二十八回过五关斩六将后兄弟聚首。那一段，是关羽挂印封金、千里独行的灿烂光辉，让故事振起。三十四回开始，刘备方一路逆袭，到六十五回三足鼎立。七十到七十三回刘备取下汉中，七十四回关羽水淹七军。到此是读者情绪的高潮，连绵不断的快乐。将近五十回的上升期。然后七十五到七十六回，急转直下，剧情告诉你，关羽没了。前一秒威震华夏的武圣，后一秒被背刺殒灭？太突然了，太急促了。《水浒传》里一百零八人陆陆续续地死，但死得比较碎。《红楼梦》一整本书都在告诉我们，贾家会败落。《西游记》到最后是个喜剧。《金瓶梅》里李瓶儿之死各种前因后果。《冰与火之歌》里血色婚礼其实略微接近，但之前也铺垫了一整本书，告诉大家北境后方蠢蠢欲动。走麦城这个关羽之死的突然性，大概类似于那美克星好好打着呢，忽然短笛背刺了悟空；类似于顶上之战艾斯被救后，忽然一拳击杀了白胡子，再一拳打废了路飞；类似于杨过在襄阳真的一剑刺死了郭靖；类似于武德九年李渊忽然召见李世民，真把他斩了。这都可以？！但真就发生了——历史有时比虚构更精彩。

对读者而言，低谷崛起，携手同心以弱抗强，终于看到一线成功曙光，当世最逸伦超群的猛将，却被盟友和队友背刺，没有比这更伤心惨目的故事了。当然，如果了解前因后果，还会有更惨的一点：走麦城，只是悲剧的开始，后面还有一串呢。人看悲剧，怕的是没有后来了。如果关羽走麦城后，刘备终于一统天下，那这份悲剧意味要淡一些。但我们都知道，关羽一死，蜀汉之后就要连绵悲剧了：张飞要走了，黄忠要走了，要白帝城了，剧情远远地指向五丈原。

《狮子王》里，木法沙开局即死，也有类似的悲怆效果，但我们知道辛巴之后会报仇，会王者归来。白胡子和艾斯死了，但路飞还活着。郭靖和黄蓉殉了，但倚天和屠龙留下来了。孙悟空被压五行山，但之后又出来了。最惨的是，半空炸裂，之后没缓了，只会一路与命运搏斗但无果了！

像岳飞之死千古奇冤，太让人难过了，所以刘兰芳老师的评书要给岳飞的儿子们——岳雷岳霆岳震——补点好结局，还让牛皋气死了金兀术。这不符合史实，却是读者与听众最朴素的愿望：悲剧之后，总有点缓吧？得让我们有点念想吧？但走麦城之后，没缓了。任是罗贯中还虚构出了关兴张苞的勇武让读者释怀，但大家都知道，走麦城之前就是刘备这一方光芒的极限，之后就是一路低沉，直到五丈原，直到姜维被剖胆。唉。

实际上，走麦城的悲剧效果如此深入人心，以至于老三国电视剧都能借此刻画一个经典情景：诸葛亮与张飞分道入蜀，留关羽守荆州。告别时，张飞已经眼带泪光。张飞带泪端详关羽，道一声："二哥，保重啊。"下拜，关羽一把抢起。"三弟，也保重。"张飞流泪，转脸，狠狠地推开关羽，转身便走，再不回顾。铁汉落泪，最动人心。毕竟自古城重聚之后，兄弟二人再没远离过。实际上自桃园结拜以来近三十年，的确俩人天南海北，都没离太远过。但对了解前因后果的人而言，这段剧情尤其扎人：我们都知道，关羽留守，张飞西去。从此关张永别，再不相见。知道走麦城与不知道走麦城的人，看这段剧情，感觉是两回事。

　　这就是走麦城这个悲剧转折的巨大威力：那个结局如此让人难过，以至于之前这样一个兄弟告别，都能让人痛彻心扉。

刘备最快乐的时光

都说刘备有高祖之风，像刘邦，但有一点不一样。刘邦是个碎嘴子，嬉笑怒骂相当多。论起兴之所至信口开河，曹操的记载，还更像刘邦——毕竟曹操看荀彧就说是自己的张良，封荀攸就说张良故事，看许褚就喊樊哙，看张郃就喊韩信。真是把自己当刘邦。刘备却是"少语言，善下人，喜怒不形于色"，低调惯了，开心了难过了都不会多说。

《三国志·先主传》留下刘备的原话，也少得很。大概包括：糜竺劝他领徐州，他推让，说你们请袁术去吧。诸葛亮让他夺荆州，他说："吾不忍也。"携民渡江时有人劝他跑路，他说："济大事必以人为本，今人归吾，吾何忍弃去！"

刘璋到涪见他，庞统劝他突袭刘璋，他说："此大事也，不可仓促。"之后就是各类表章诏书。大概刘备在《三国志》里留下的各类原话，来来回回无非是：不忍夺占徐州、不忍夺占荆州、不忍抛下百姓、不忍袭杀刘璋。各种不忍。

到刘备要死时，其实是"创业未半而中道崩殂"，但遗诏写得明白：五十岁就不算夭亡，自己六十多了，没啥遗憾的，不复自伤。也是坦坦荡荡，明明白白。他告诫阿斗的，也就是："勿以恶小而为之，勿以善小而不为。惟贤惟德，能服于人。"

刘备话最多的时候，似乎也就是取了涪后，喝高了，跟庞统吵架。平时他清醒着，话是真少。《三国志·诸葛亮传》里，刘备听完改变他人生的《隆中对》，只一个字："善。"于是与诸葛亮情好日密，如鱼得水。——话不重要，行动才重要。

听说张飞处有表来，刘备的第一反应："噫！飞死矣！"

到白帝城托孤，刘备话也简洁，直达要害："若嗣子可辅，辅之；如其不才，君可自取。"

《倚天屠龙记》里有个冷谦，杨逍很相信他。"知他平素决不肯多说一个字废话，正因为不肯多说一个字，自是从来不说假话。"刘备差相仿佛。《天龙八部》里，西夏公主招驸马，一一问过来：你平生最快乐的时光？你最爱的人叫什么名字？你最爱的人什么样子？慕容复被问到这句话时，却回答不出。他一生营营役役，不断为兴复燕国而奔走，可说从未有过什么快乐之时。他没什么最爱之人，而他最快乐的时光则是："要我觉得真正快乐，那是将来，不是过去。"大概，许多人都有类似的感叹吧？奔走一生，却没太快乐过。

刘备一生奔走忧患，很自律，髀肉复生时都要感叹，那时他四十多奔五十了。现代中年人四十多岁长点肚腩都不会太焦虑，那会儿人均寿命短，四十算老人了，刘备还为自己的赘肉难过。所以才能后劲十足地做大事：四十六七岁遇到诸葛亮，五十四岁进成都，六十来岁为昭烈。

刘备苦了一辈子，初次从漫长压抑中解脱，是公元214年定成都。那大概是他人生第一次体会到快乐。《三国志·庞统法正传》里，诸葛亮说得很清楚。当时法正一度报恩报德，颇为张扬。有人劝诸葛亮打压他一下，诸葛亮说："主公之在公安也，北畏曹公之强，东惮孙权之逼，近则惧孙夫人生变于肘腋之下；当斯之时，进退狼跋，法孝直为之辅翼，令翻然翱翔，不可复制，如何禁止法正使不得行其意邪！"刘备之前北曹操东孙权，还每天担心孙夫人后院起火，进退狼狈。法正帮忙，入川有了基业，翻然翱翔。开心啊！对刘备而言，能不苦了，能自在一点，就是快乐了。

但这应该还不是刘备最快乐的时候。毕竟当时刚进成都，北曹东孙还在让他头疼，只是稍微坐稳了，快乐也没溢于言表。一年之后，曹操定汉中，蜀中紧张，孙权又来争三郡，头疼。

刘备一生最快乐的时候，我猜是五年之后，219年夏天。那年春天，曹操大军到汉中，来与刘备交战，《三国志·先主传》留了刘备的一句话：

> 曹公虽来，无能为也，我必有汉川矣！

夏天，曹操退兵出汉中，刘封孟达攻三郡。初秋，刘备为汉中王。年近花甲，奔走一生，打退曹操，拿下汉川，跨有荆益，自己为王。快乐啊！

如前所述，刘备话很少。《三国志·先主传》里留下的，也就是推让、不忍、不可仓促。一辈子都在低调温厚地等。只在219年时，对一辈子的宿敌曹操，自己输过许多次的曹操，放了这句狠话。这是《三国志·先主传》里，刘备原话中唯一一句不是推让的话。一辈子都在不忍推让，喜怒不形于色，为了大腿长肉都会焦虑的刘备，会远远指着一生宿敌、当世最强者，骄傲地说：你来了也没用，我赢定了！这份自信昂扬，志得意满。快乐啊！让一个老闷葫芦，快乐到都藏不住。这才是真快乐。

当然，那年冬天，孙权就要背刺了，关羽就要走麦城了，一切就要逆转了。但 219 年的夏秋之际，应该是年近花甲的刘备，人生最快乐的时光。

托孤与禅让

中国古代，尧舜式的禅让是为美谈，但也有些知识分子对禅让制是很怀疑的。荀子："夫曰尧舜禅让，是虚言也，是浅者之传，是陋者之说也。"韩非子："舜逼尧，禹逼舜，汤放桀，武王伐纣，此四人者，人臣弑其君者也。"大概荀子与韩非都认为，所谓禅让，都是说好听的，就是强权、逼宫、弑君。

公元 220 年，曹操死，曹丕为魏王。第一个任命是为他美言的贾诩，进为太尉，这事还被孙权嘲笑过。夏天曹丕东郊大阅兵，大军回故乡显威风。然后汉献帝开始让位。汉献帝让，曹丕推；汉献帝让，曹丕推。中间有一批人上表，说天运惟德所在，汉室已衰，再不登基就过于恭敬了，我们很不安啊！之后汉献帝下诏书，大夸曹操父子。一群人上表劝曹丕，曹丕又推让。最后搞出个封禅坛，接受了禅位。曹丕回头对群臣说了他人生最妙的一句话："舜禹之事，吾知之矣。"舜禹禅让那些事，我算是知道了！

三十年后，曹丕的托孤重臣司马懿发动正始之变，篡了魏国大权。当时王允的侄子王凌，为了推翻司马氏起兵。司马懿先赦他罪过，等王凌投降后，押他回去了。王凌中途向司马懿索要棺材钉来试探，司马懿赠了他一颗。王凌便明白司马懿说是赦罪，终究还是会杀他，于是自尽。自尽前，王凌对贾逵庙——就是司马昭的谋士贾充他爸爸的庙——大吼：贾梁道！只有你知道王凌是大魏忠臣啊！

熟悉三国的人都知道郭淮。正史上是雍凉二州军事都督，一度到国家第二军事长官车骑将军，魏国西线领导人。《三国演义》里更是司马懿的副手，铁笼山救了司马昭。《世说新语》载，郭淮的妻子是王凌的妹妹。王凌谋反失败，司马懿下令夷三族，逼郭淮杀妻。郭淮默默依从。妻子送出去后，郭家五个孩子哀痛之极，以命相求，磕头流血，郭淮上表请司马懿开恩，司马懿才许了特赦。这算是一个著名故事，反过来说明，司马懿当时动不动夷三族，手段多狠辣——毕竟如郭淮这样保得了老婆的，很少。

曹丕代汉四十五年后，司马懿、司马师、司马昭父子，已经把魏国大权揽得差不多了。司马昭逝世，司马炎接任为晋王。九月，以何曾为丞相，王沈为御史大夫。十一月，设置四护军，保证都城附近的军队。然后魏帝曹奂下诏书，格式跟当年汉献帝夸曹丕那套基本一样。司马炎也要礼让的，然后，刚被提拔的何曾与王沈等赶紧发挥作用，"固请"。于是司马炎摆出一副姿态：哎呀呀好不得已呀，都怪你们那么多人要我做皇帝，我也不想的呀！然后，登基。

所谓推戴，所谓禅让，所谓四方仰德万民归心的天子登基，许多也就是如此。《三国演义》中罗贯中写这段的回目，辛辣极了：《再受禅依样画葫芦》。受禅这种应天顺人的事，也能依样画葫芦啊？对野心家、仪式和禅让的讽刺，莫此为甚。

又一百五十五年后，偏安的东晋恭帝，司马氏最后一位所谓天子，禅位给刘裕。刘裕是刘邦的弟弟刘交第二十一世孙。刘家的天下给了曹家，曹家给了司马家，司马家最后又还给刘家。天道循环，报应不爽。

还记得开头说那个劝曹丕快点篡位，"您不登基，我们很不安呀"的诏书吧？领头撰写那封诏书、鼓励曹丕代汉的，就是督军御史中丞司马懿——他劝曹丕代汉，多年之后，他们司马家要接过曹丕的江山。

另一边，说托孤。

公元 223 年，刘备六十三岁了，人在白帝城，病得快死了，临终之际，从成都召来丞相诸葛亮。然后就是我们知道的白帝城托孤。后世许多人爱念叨，说刘备是跟诸葛亮耍心机呢。话说，他真的相信诸葛亮没有野心吗？

凡事论迹不论心，我们看看刘备的实际举措。刘备是明明白白地，当着所有人下诏令说："君才十倍曹丕，必能安国，终定大事。若嗣子可辅，辅之；如其不才，君可自取。"还怕说得不清楚，刘备写诏书给刘阿斗："汝与丞相从事，事之如父。"如此公开地把权力交给诸葛亮，让他放手办事。这一场托孤，与其说是刘备和刘禅之间的帝位交接，更像是刘备和诸葛亮的权力移交。

刘备和诸葛亮合作超过十五年，这年刘备六十三岁，诸葛亮四十四岁，说情同父子，没啥问题。刘备这么一个老枭雄，当然知道事业延续比血缘延续更重要，所以：你把事业延续下去就行，具体怎么办随便你；为了方便你办事，我还特意把你的界限解除了，蜀汉就交给你。

如果刘备想制约诸葛亮，满可以搞其他操作的。作为对比，曹丕后来托孤，就一口气托了三个：曹真、陈群、司马懿。陈群还与征东大将军曹休、中军大将军曹真、抚军大将军司马懿四个人一起"并开府"——四个人各有自己的办事班子。而蜀汉方面，刘备和刘禅只给了诸葛亮一个人开府权。比起曹丕托孤一大堆、大家一起开府，刘备对诸葛亮算是极真诚的了。

孙盛后来评论说："所寄忠贤，则不须若斯之诲；如非其人，不宜启篡逆之途。"如果所托非人，那你这么信赖地给他全部权力，只会让他滋生野心。刘备是恰好知道诸葛亮确实没野心，所以敢举国托孤诸葛亮。

对刘备的"如其不才，君可自取。"诸葛亮的回应是："臣敢竭股肱之力，效忠贞之节，继之以死！"之后刘禅许诸葛亮开府治事，自己有办事机构。且刘备先前已经许诸葛亮录尚书事：奏折你看着办。史书所谓"政事无巨细，咸决于亮"。这是真正的大权总揽。从此直到诸葛亮去世，223 年到 234 年，诸葛亮是蜀汉的实际掌权者。可是这些年，诸葛亮有野心吗？论迹不论心，从他的所作所为看，一点没有。岂止没有野心，事实上，诸葛亮一直在躲各种有野心的嫌疑。

那是个什么时代呢？东汉一朝，外戚主宰朝政，皇帝的舅舅经常是大将军。后来董卓废了汉少帝，立了汉献帝，曹操挟天子以令诸侯，曹丕接了爸爸魏王的位子，直接称帝。司马懿、司马师、司马昭，废皇帝、杀皇帝，玩得兴起。东吴孙权活着的时候还行，孙权一死，孙亮被废，孙綝看皇帝不配合他喝酒就口吐怨言。大概从东汉末开始，皇帝面对权臣是毫无尊严的。

诸葛亮是得到了刘备的授权，也得到了开府治事、录尚书事这些实实在在的权力。如果有野心，大可以学曹操或司马昭，来个加九锡、封公、封王，简直随心所欲。可是诸葛亮到死都没有称公称王，就是个武侯。这叫作"专权而不失礼，行君事而国人不疑"。诸葛亮明明在担任实际统治者，但因为如此合乎规范与程序，没人怀疑他要篡权夺位。第一次北伐结果不好，诸葛亮立刻上诏自贬，主动做检讨。虽然当时他就是蜀汉一把手，但还是要检讨自己。诸葛亮临终给后主上表，意思是成都有八百桑树、薄田十五顷，子孙过日子也够了。他自己的生活，都是靠工资收成，就没别的产业了。自己死时，不会有多余的产业，不会亏负后主的——事实如此。

甚至诸葛亮死后，他儿子诸葛瞻也没有继承他在朝廷的大权。对比一下，司马懿拿到曹魏大权后，死了，位子传给儿子司马师；司马师死了，位子留给弟弟司马昭；司马昭的儿子司马炎就篡了曹魏。再往前，曹操拿到东汉大权后，死了，位子传给儿子曹丕，曹丕就篡了东汉。

顺便说下《出师表》。现在人看来，诸葛亮写《出师表》有点絮叨了：说得叮咛周至。一会儿说局势，一会儿说天下，一会儿说先帝，一会儿说我和先帝的感情。但诸葛亮也没法子：他这个表，不只是给刘阿斗看的，是给天下看的。他重视一切礼节规范，得以身作则。他得表示蜀汉是个正经朝廷；君王的权威，我自己带头尊重。当然，如果将《出师表》看作诸葛亮出征前的遗嘱，意味会更明白些。

专权不难。专权没有野心很难。专权没有野心，而且大家还不怀疑你有野心更难。专权没有野心，最后令千古无从怨谤，最最难。身怀利器，杀心自起。能自我克制，简直非普通人能够做到。诸葛亮还身处那个时代，权臣杀帝废帝比宰鸡还容易。别的名不正言不顺的流氓都在废立皇帝玩，诸葛亮一个得到先帝授权的，还在鞠躬尽瘁死而后已。

诸葛亮和曹操大概是三国历史上对后世影响最大的两个人物。他俩虽然阵营不同，但有一点相似：都相信严刑峻法的力量。当然，诸葛亮身上是集中了儒家与法家色彩的，他有理想，但也很现实。曹操是一个不太相信天命的人，诸葛亮很现实，他其实也明白这一切的道理，但是他没曹操做得那么绝。诸葛亮统治蜀汉，是用严明的法律配合诚恳的教化。所以后世说：即便被他处罚的人也毫无怨言，因为确实做事太公平了。

从事后来看，诸葛亮一生在意的，是自己的理想能否得到伸张，能否治理出一片好天地；至于实际当不当皇帝，自己的后代能不能掌握权力，他没那么在意。他比谁都明白，正直得无可挑剔，才有执政的合法性，这是基础。

后来清朝王夫之和赵翼都感叹过，诸葛亮苦啊，他自然知道自己行使君权会被许多人疑惑，所以他才要格外细腻、格外周到、格外守规矩，就为了免得动摇蜀汉的权威。刘备知道诸葛亮没野心，所以才敢说君可自取；诸葛亮了解刘备的真诚，所以鞠躬尽瘁。连陈寿写《三国志》，按说是不能讲太多蜀汉好话的，也都说这是"君臣之至公，古今之盛轨"，真是了不起。

是非成败转头空，古今多少事，都付笑谈中：还是得看后世评价。

到唐朝，李世民、虞世南、刘知几等大人物，都在夸诸葛亮。杜甫和刘禹锡都写诗夸诸葛亮。到宋朝，陈亮夸诸葛亮是伊尹周公这样的圣人，朱熹说诸葛亮名义俱正，无所隐匿。最有意思的，还是诸葛亮的民间口碑：诸葛亮身故之后几十年，陈寿说他依然被民众口口相传地念叨："至今梁益之民，咨述亮者，言犹在耳，虽甘棠之咏召公，郑人之歌子产，无以远譬也。"诸葛亮身故后百年，东晋大权臣桓温去问一个蜀中老人，诸葛亮如何，大概不无"我跟诸葛亮比如何"之意，老人答了句妙语："葛公在时，亦不觉异，自公没后，不见其比。"——诸葛亮在时，也不觉得特别；他逝世后至今，没见着有人能比。到唐朝，孙樵说诸葛亮逝世五百年后，梁汉百姓还在歌颂他。民间的口碑，朴素的愿望。

桓温和诸葛亮还有个奇怪的联系：东晋简文帝临终前，曾想下遗诏让桓温辅政，当时诏书都写好了："大司马温依周公居摄故事……少子可辅者辅之，如不可，君自取之。"让大司马桓温参照周公摄政的方式来辅佐新皇，至于"君自取之"，则是刘备给诸葛亮的待遇。但当时名臣王坦之看了诏书，当着简文帝的面撕了。简文帝还念叨：天下也是好运意外得来的嘛。王坦之说：晋朝天下是宣帝（司马懿）和元帝（司马睿）建立的，怎能由您独断专行！于是简文帝改了诏书，让桓温参照诸葛亮与王导的方式辅政。——司马懿和诸葛亮大战，最后他的子孙托孤时，希望后来者按诸葛亮的方式辅政。听来像个冷笑话。

正如孙盛所言：权力这玩意，如果所托非人，很容易让那人滋生野心。对没野心的诸葛亮，得了权柄也不会滥用。对有野心的桓温，王坦之劝简文帝一开始就别给他至高权力。现在回头看那位老人当着桓温面说诸葛亮，"自公殁后，不见其比"，那真是意味深长。

司马懿的誓言与魏晋风度

一般说到司马懿正始之变夺权，都会强调他多能忍。《三国演义》还讲了个著名故事，所谓"诈病赚曹爽"。许多赞美司马家的人讲故事，都会如此描述：曹家一直防着司马懿，司马懿于是忍耐着，等曹爽对他放松警惕了，突然发难，搞定了魏国大将军曹爽，夺了魏国的权柄。

听上去像个忍辱负重最后奋起的励志故事吗？然而并不尽然。正史上，司马懿一直被曹家宠幸。曹丕与曹叡，两代天子都托孤于他。239 年曹叡托孤时，还有著名的"视吾面"之语。当日曹爽与司马懿一起受了托孤顾命。曹爽与司马懿并无私仇，所以一开始，曹爽还对司马懿挺好，把他当自己爸爸。"初，爽以宣王年德并高，恒父事之，不敢专行。"当然，政治斗争难免要夺权。曹爽于是推尊司马懿为太傅，于是司马懿不太能参与朝政了，但曹爽始终并未对司马懿加以人身迫害。

> 及晏等进用，咸共推戴，说爽以权重不宜委之于人。乃以晏、飏、谧为尚书，晏典选举，轨司隶校尉，胜河南尹，诸事希复由宣王。宣王遂称疾避爽。

曹爽是曹真之子，从小跟曹叡玩，少年贵胄，出入宫廷，唯一的军事经历是伐蜀汉成就王平声名的兴势之战，还失败了。他对司马懿这种老将军很是忌惮，对自己的军事才能也不太自信。曹爽后来搞了个正始改制，用何晏等人代替曹魏老干部。这一招得罪了魏国许多老元勋，导火索就此埋下。

249年二月，魏帝曹芳和曹爽兄弟去给曹叡上坟。司马懿发动兵变，占领洛阳。簇拥在司马懿周围的，是高柔、蒋济这些为曹魏做事四十多年的老元勋。那时节，司马懿所掌握的，只是洛阳；真正能用的兵，是司马懿大儿子司马师的死士三千。曹爽手握着天子与大将军印玺。所以谋士桓范劝他拥着天子召集兵马，讨伐司马懿谋反。司马懿的资本，是开国老元勋们的支持。曹爽自然也明白这点，司马懿知道曹爽一定也明白这一点。所以直到这一刻，司马懿依然没成功。即，他的隐忍，只能支撑到他起兵而已。

司马懿真正成功的关键是：他之后给出一系列劝诱，曹爽自己放弃了兵权。何以会放弃？因为司马懿不断派朝廷重臣如尹大目与陈泰，前去说降曹爽，说司马懿指着洛水发誓，只要曹爽的兵权，不要性命。甚至当朝太尉蒋济亲自写书信给曹爽，说司马懿绝对只要曹爽的兵权，不要性命。这才是关键的关键：曹爽可以不信司马懿，但这老几位说话，曹爽是信的。尹大目是殿中校尉，天子身边的人。陈泰是陈群的儿子，尚书。蒋济更是四十年前就跟孙权斗的老人了，现任太尉。这些人都是曹魏社稷之臣，是司马懿起事的盟友。这些老元勋的态度很明白：司马懿只要你的权力，不要你的命；我们来了，就是作保了；你不听，非要打，就是跟我们打！

这些老干部赌咒发誓地来为司马懿作保，曹爽可以不相信司马懿，但必须相信这老几位吧？毕竟曹爽一个宫廷贵公子出身的人物，面对这种打起来未必能赢，放弃了一定能得平安的处境，也会选后者吧？如此司马懿利用了盟友们的信用作保，让曹爽相信了"只要兵权，不要性命"。谁都没想到的是，司马懿居然出尔反尔，一拿到兵权，转身就把曹爽杀了！曹爽自然是完全想不到：诸位老元勋万无一失的担保，也可能失效？司马懿居然可以如此狠毒，如此不要脸？保人们也愣了：司马懿啊司马懿，你这么一闹，把我们当什么？我们不是盟友吗？！

看看几位保人后来的下场。蒋济被司马懿弄懵了：我堂堂一个太尉，我们老同事了，我豁出老脸给你作保，你就这么打嘴？司马懿后来杀曹爽灭门前，蒋济还劝司马懿，说曹爽父亲曹真有大功劳，不能让他灭门绝户啊！司马懿不听。蒋济终于明白自己居然担保了个白眼狼，于是拒绝封赏，过几个月就气死了。尹大目经过这事，就开始私下里反司马家了，甚至企图伙同淮南文钦一起造反。陈泰从中央被调去雍州，对抗姜维，后来也被司马家气死了。那是另一件事：正始之变后十一年，司马昭与贾充合谋弑君，杀了魏帝曹髦。陈泰初时不肯去见司马昭，被逼着去了，司马昭问他怎么办，陈泰说：杀贾充。司马昭问可不可以再让步？陈泰说：只有更进一步的，毫无让步可能！陈泰同年去世。《汉晋春秋》说陈泰是因此事自杀，《魏氏春秋》说陈泰因此事吐血而死，总之，都是被司马家坑死的。

后世都说，司马懿能忍善断，才能得了天下。然而司马家政变的成功关键，不在于能忍，不在于善断，更不在于能装病，而在于能卖盟友，能骗自己人，还能出尔反尔，把自己说过的誓言加上盟友的脸皮一起当烂泥踩。这份狠毒与厚脸皮，完全突破了当时的政治底线，把自己人和对手都震惊了。实际上，这就是晋朝起家的作风。所以从250年到258年的淮南三叛，每次背叛司马家的，都是之前为司马家出力的功臣，之后都死得干干净净。而当时几位著名的魏晋名士，也都和司马家的狠辣脱不了干系。

现在论及魏晋，多以风字为词。风度，风流，风神，风雅，不一而足。大略现代人怀想魏晋，则嵇康的《广陵散》、阮籍的歧路叹、刘伶的酒、何晏的五石散，很给人一种古代嬉皮士之感。看得人馋了，还忍不住照学：宽袍大袖，饮酒长啸，写诗嗑药，多帅啊！"越名教而任自然"，多潇洒啊！

然而魏晋诸位不是平白无故地发现了老庄的美妙，播弄起玄学，爱上了清谈。他们的所作所为，是有道理、有因果的。晋初有篇名文《陈情表》，李密所写。大概李密要报祖母抚育之恩，不能去当太子洗马，文章词句恳切，千古有名。但这里面，有些别的东西。李密时年四十来岁，原来是蜀汉旧官。蜀汉灭亡，他作为当时名士，被晋朝请出来做官。李密这封《陈情表》写得恳切，但也聪明：我不出来，不是对新朝廷不满意啊，纯粹是有祖母要照顾！这么一来，晋朝也没法强征他出来了，不然有违孝道啊。新旧朝廷交替时节，文化人都难独善其身。为什么晋朝要以孝治天下？因为他们弑君立国，没法说自己忠啊。

且说回魏晋风度。魏晋时的风流人物与小轶事，众所周知。比如五石散的祖师爷何晏，面色雪白，曹丕都奇怪他怎么这么白，是否敷了粉？还特意大庭广众请他吃热汤饼，看他是不是出汗，粉会不会掉下来。但何晏的另一个身份，是曹操的女婿，小时候就在曹操身边长大。他后来依附大将军曹爽，排挤司马懿，几乎可说掌握魏国人事更迭大权。到司马懿正始之变，夺了政权，连何晏一起收拾了。曹爽当时，等于是曹魏军事最高统帅；何晏身为侍中，又是曹爽三人团王牌，也是魏国的核心决策层了——然后就被司马家处理掉了。

比如阮籍，天下都知道他早年傲，会说"时无英雄，遂使竖子成名"这类话，会歧路大哭，会做青白眼。但阮籍不是个单纯的狂生。阮籍的爸爸叫阮瑀，建安七子之一，曹操的秘书。世称阮籍为阮步兵，是因为他当过步兵校尉：魏及东汉时，步兵校尉为五校尉之一，是管宿卫的。

比如嵇康，众所周知，打铁时不理会钟会，后来又得罪了司马昭，被杀前弹了《广陵散》，所谓"广陵散从此绝矣"。然而他也并非平民：妻子是长乐亭主，算来嵇康还论得上是曹操的孙女婿。嵇康著名的《与山巨源绝交书》，是写给山涛的。山涛四十岁才出山做官，算是晚了，然而他的从祖姑——简单说就是父亲那边的亲戚——是张春华的母亲，张春华则是司马懿的太太，司马师和司马昭的亲妈。所以山涛当官，是司马师直接提拔的，之后一度做到太傅、司徒。

所以，魏晋风度的老几位不是什么风流散仙，大多倒是前朝贵公子。这么一听，是不是感觉不太一样了？他们那些狂放潇洒的言行举止，是不是味道就不同了？

比如，《陈情表》既是李密的一篇抒情文，又是一篇狡黠的推辞文。要写得政治正确，让上头没法怪罪。比如，嵇康写过名文《管蔡论》，说是研究周朝时的历史真相，其实是在说司马昭专权的事。当时文章典籍的是非，其实也是在讨论施政纲领。司马家很懂得拉拢这些前朝贵公子，不配合，就会杀。

所以魏晋时人所谓言谈玄远，绝口不臧否人物，既是种哲学表达，也是迫于当时的局势。先前东汉时，士人习惯臧否人物，还有许劭这类专业评断人物的，曹操还得专门去听他评自己"治世之能臣，乱世之奸雄"。但晋代魏时，因为司马氏要改朝换代，尤其得控制名士们，所以何晏与嵇康，都被杀死了。向秀、山涛这些名士，老老实实地做官，低调地不说话了。

所以我们论及魏晋时，真没法说名士们多潇洒。他们大多身处嫌疑之位，摘不清躲不明，未必想当官可是官都给你备好了，想要不表态却又不可得。像何晏一个曹操女婿，一旦考虑到了他的身份，那么他日常服五石散到谈儒说玄，都没法算纯私人爱好；每写一篇文章，都多少背着任务。古代政治就这么残酷，动不动就肉体消灭。许多的不羁和潇洒，说到底，都是被逼出来的呀。

但司马家这种作风，自然有后患。西晋得了天下后，大封同姓二十七王，最后闹到八王之乱、社稷倾覆。为什么阮籍们一辈子都只能写写诗，言则玄远？最初的祸根，早在高平陵之变，司马懿出尔反尔的瞬间，就埋下了。

甚至司马家后世名声，也不那么美妙。唐朝李世民吐槽司马懿："受遗二主，佐命三朝，既承忍死之托，曾无殉生之报？"后来刘宋时有人要冤枉檀道济，就说他可能是司马懿；《隋唐嘉话》里李世民跟老病的李靖说司马懿老了还能反，吓得李靖立刻起身。甚至司马家自己的子孙晋明帝，听王导诉说自己司马氏起家的历史，害羞到埋脸，说得国如此，我们这国祚如何能长久？

是啊，靠不讲信义，发了誓不认，做了担保不遵，跟盟友一起闹事临了把盟友一辈子的信用拿出去卖了，以杀伐为能事，当然不长久。

钟会之反

钟会与邓艾联手灭蜀汉后，又坑害了邓艾，一时功盖当世，然而却忽然造反，结果身死。后世多归结为姜维从中劝诱，挑动了钟会的异志，然而钟会却也不是脑子一热，就被姜维煽反了。

之前钟会曾坑害嵇康，借此向司马昭表了忠心，获得了伐蜀的兵权。而钟会平蜀后造反，也真不是临时起意。《三国志·钟会传》和《汉晋春秋》都提到他遇见姜维之前就心怀异志了，所以钟会要反时，姜维去劝诱那段，才显得极为精彩：

闻君自淮南已来，算无遗策，晋道克昌，皆君之力。今复定蜀，威德振世，民高其功，主畏其谋，欲以此安归乎！夫韩信不背汉于扰攘，以见疑于既平，大夫种不从范蠡于五湖，卒伏剑而妄死，彼岂暗主愚臣哉？利害使之然也。今君大功既立，大德已著，何不法陶朱公泛舟绝迹，全功保身，登峨嵋之岭，而从赤松游乎？

这段话聪明极了。姜维并不直劝钟会反，先大捧钟会一番，然后提醒他：您已经"民高其功，主畏其谋"，功高震主了。然后举出韩信和范蠡的例子：韩信兔死狗烹，范蠡归隐得全。无形之中告诉钟会：你要么被兔死狗烹，要么就泛舟归隐。现在我劝你归隐吧……

姜维明知道钟会这时四十上下，功名之心方盛，正在志得意满自我膨胀之时；这时劝他要么归隐，要么做点别的，傻子都知道他会选什么。果然钟会就真反了。

当然反过来想想，钟会当时不反，其实也没几年好日子过了。钟会自己心知肚明，司马家就是这么多疑残忍。按《三国志·钟会传》："初，文王欲遣会伐蜀，西曹属邵悌求见曰：今遣钟会率十余万众伐蜀，愚谓会单身无重任，不若使余人行。"所以钟会与王戎告别时，王戎说："道家有言，'为而不恃'，非成功难，保之难也。"成大功不那么难，保全自己比较难。钟会真正的对手不在面前，而在背后。这就是给司马家打工的麻烦了。

司马昭当日伐蜀，大军三路：钟会、邓艾、诸葛绪。伐蜀到一半，诸葛绪被钟会弹劾，打入囚车抓回去了。邓艾刚灭了蜀汉，功高盖世，封太尉，封二万户。一回头被钟会诬陷，立刻就抓起来了。钟会也知道司马家整人辣手，才敢对付邓艾。而恰是了解司马家的做派，又看了邓艾和诸葛绪的下场，钟会才决定反的吧？

实际上，当时钟会自己的环境，本来就很危险。《晋书·荀勖传》有这么一段：

> 及钟会谋反，审问未至，而外人先告之。帝待会素厚，未之信也。勖曰："会虽受恩，然其性未可许以见得思义，不可不速为之备。"帝即出镇长安……先是，勖启"伐蜀，宜以卫瓘为监军"。及蜀中乱，赖瓘以济。会平，还洛，与裴秀、羊祜共管机密。

钟会的外甥荀勖跟他关系不好。荀勖当时和贾充、裴秀一起，都是司马昭很信赖的人。钟会谋反的传说刚起来，司马昭还没动呢，背地里坑害他的言论先到了。荀勖先背刺了舅舅，说钟会性格不对，要防备他，司马昭这才启程到长安。此前钟会西征，就是荀勖劝说，要用卫瓘当监军盯着钟会，结果也的确是卫瓘搞定了邓艾钟会。这外甥坑舅舅，还是个连环套呢。

大概司马家此前就是出卖盟友、废杀天子、内耗连绵不断，钟会自己耳闻目睹，甚至参与其中，深知司马家多么翻脸无情。钟会伐蜀前后，司马昭身边一直有闲言碎语搞钟会。钟会出征前都被劝说，打仗不难，保全很难。一有风吹草动，外甥都要背刺自己，钟会也很知道其中风险。待姜维劝他，要么功高震主而死，要么归隐了事，虽是诱哄，却也是事实。所以姜维是个催化剂，推了钟会一把，钟会自己当时，确也没什么转圜余地了。

反过来想：如果当时钟会不反，会是什么下场？就算钟会回朝当了司徒，司马昭再过两年就要死了，钟会四十来岁，正是做大事的好年纪。司马昭会给司马攸和司马炎留下钟会这么个功高震主、聪明机变的人物吗？毕竟钟会又不像羊祜，有羊徽瑜这样的司马家大亲戚当后台。他哥哥钟毓还在他起事前死了。司马家可是除了亲戚，别的都不太信的。

哪怕司马昭肯留下钟会，这里可有个关键的人物呢：钟会在朝里的仇家一大堆，最看不惯他的，却是司马昭的老婆王元姬。她一直给司马昭吹枕头风，说钟会"见利忘义，好为事端"。那是王元姬爷爷王朗和钟会他爸爸钟繇早就结下的梁子。领导太太看不上你，你能怎么办？司马昭一死，王元姬还在呢。吕雉能对付韩信，王元姬对付不了钟会么？

姜维劝钟会归隐，乍看也是个选项；但钟会又何尝不明白：司马家那做派，归隐的人都能揪出来杀了——嵇康不肯配合，杀了；李密不肯做官，还要写《陈情表》。司马昭处理起人来，就是这作风。所以钟会谋反的背后，也隐含着他对司马家的深刻认识：在司马家这种盟友功臣都会随时被处理掉的环境里，最后功臣们能选择的，实在也有限吧？

第三乐章　渔樵

但为君故，沉吟至今

罗贯中写曹操，很擅长临时安插场景，无中生有。如苏轼《前赤壁赋》有一句："方其破荆州，下江陵，顺流而东也，舳舻千里，旌旗蔽空，酾酒临江，横槊赋诗，固一世之雄也，而今安在哉？"罗贯中就在《三国演义》里给曹操安排了一场横槊赋诗，来了首千古绝唱《短歌行》，志得意满。结尾还被人指出这诗不吉利，曹操大怒，一槊杀人，给赤壁之败埋下了伏笔。

小说里被杀的是刘馥，合肥城最初的营造功臣之一，张辽可说是站在刘馥的肩上打走了孙权。老三国电视剧则虚构了一个乐师代替了刘馥，这处理也很巧妙。

且说回曹操《短歌行》。大家都知道。

对酒当歌，人生几何！

譬如朝露，去日苦多。

慨当以慷，忧思难忘。

何以解忧？唯有杜康。

青青子衿，悠悠我心。

但为君故，沉吟至今。

呦呦鹿鸣，食野之苹。

我有嘉宾，鼓瑟吹笙。

明明如月，何时可掇？

忧从中来，不可断绝。

越陌度阡，枉用相存。

契阔谈宴，心念旧恩。

月明星稀，乌鹊南飞。

绕树三匝，何枝可依？

山不厌高，海不厌深。

周公吐哺，天下归心。

这诗是写给谁的呢？通常解读时，都说这诗表达的是曹操求贤若渴。结合曹操的求贤令，确实也有道理。"山不厌高，海不厌深。周公吐哺，天下归心。"是说海纳百川，只要来我就接纳。但如果是泛泛的求贤，这诗又有些不可解的地方。比如"契阔谈宴，心念旧恩"，旧恩是旧时情谊，如果是广招贤才，哪来的旧恩？"月明星稀，乌鹊南飞。绕树三匝，何枝可依？"这四句极有意思，清朝沈德潜认为，这是说客子无所依托。故此，假设曹操思慕的有具体的对象，再看一遍这诗。头四句是说人生如朝露，去日无多了。历史上曹操到赤壁，年已五十四，确实老了。下面就开始不爽，只有喝酒才能解忧。忧闷什么呢？"青青子衿，悠悠我心。但为君故，沉吟至今。"这是《诗经》里的句子，思慕情人用的。"呦呦鹿鸣，食野之苹。我有嘉宾，鼓瑟吹笙。"你回来了我就要大张旗鼓庆祝。可是"明明如月，何时可掇？"于是"忧从中来，不可断绝"。远方宾客来探望我，大家一起吃宴席，谈论旧时情谊吧！"绕树三匝，何枝可依？"是说他思慕的对象客子远游，也没有谁可以托付。所以何不回来我身边呢？

集中一下情绪：我年纪大了去日无多，喝酒才能解烦闷。因为你我才沉吟至今，你回来了我才高兴。你像天上月何时捕得到？忧从中来啊不可断绝。你回来了我们谈谈旧时情谊，好过你现在做客他乡无可依托。回来吧，我这里海纳百川，一定容得下你。

曹操这个倾诉对象，与他有旧情谊，又离开了曹操许久，长期无可依托，却坚持不回到曹操身边。曹操很爱重他，一直强调自己容得下对方，可见对方不肯回来，是忌惮曹操容不下自己。这样的例子有谁呢？你一定已经想到了。

先主败走归曹公。曹公厚遇之，以为豫州牧。

表先主为左将军，礼之愈重，出则同舆，坐则同席。

闻先主已过，曹公将精骑五千急追之，一日一夜行三百余里，及于当阳之长坂。

公曰："刘备，吾俦也。"

刘备跟曹操，有过蜜月期。吕布取徐州，容不下刘备，刘备去投了曹操。后来所谓"豫州牧左将军宜城亭侯"的头衔，是曹操封给刘备的。曹操对刘备着实好。手下谋士有的劝要杀刘备，他也不肯杀，还跟刘备来个煮酒论英雄。然而刘备还是借着讨袁逃回徐州，开始反曹操了，从此一辈子东奔西走，寄人篱下。有那么十来年，刘备并无基业，是所谓"绕树三匝，何枝可依"，但终于还是没回去跟曹操。

刘备的角度，也不难猜测。鲁肃早就劝过孙权："今肃可迎操耳，如将军，不可也。何以言之？今肃迎操，操当以肃还付乡党，品其名位，犹不失下曹从事，乘犊车，从吏卒，交游士林，累官故不失州郡也。将军迎操，欲安所归乎？"普通士人归降曹操，不过换了个主子；诸侯归降曹操，能有什么好下场？所以刘备逃得很远很远。《三国志》更如是说刘备："然折而不挠，终不为下者，抑揆彼之量必不容己，非唯竞利，且以避害云尔。"也许是刘备知道曹操必然容不下自己，所以一路奔走创业，不只是跟他竞争，也是为了避害。这么一想，似乎也说得通。

于是，刘备一辈子都在跟曹操对着干。于是，曹操还在《短歌行》里辛辛苦苦地劝："但为君故，沉吟至今"，"心念旧恩"，"山不厌高，海不厌深"。想念你的，记得旧情的，容得下你的，回来吧！于是构成了一个漫长故事，一个追一个跑，争到天涯海角。

现在回头看，他俩乘一辆车、坐一张席时，曹操对还寄人篱下无依无靠的刘备如此说话时，是一切的开始：

> 是时曹公从容谓先主曰："今天下英雄，唯使君与操耳。本初之徒，不足数也。"

既生瑜，何生亮

周瑜与诸葛亮，历史上并无交锋记录。他俩的关系，《三国志》诸葛亮与周瑜各自传记里，只各提到了对方一次：《周瑜传》提到诸葛亮说孙权联刘备，《诸葛亮传》提到孙权令周瑜程普引兵三万，随诸葛亮去见刘备。两人关系，如此而已。

《三国演义》却写得热闹：周瑜嫉妒诸葛亮，于是草船借箭，借东风，三气周瑜……累得鲁肃居中调停。临了周瑜死了，还要"既生瑜何生亮"，还要卧龙吊丧……这算是罗贯中丑化了周瑜吗？其实未必。诸葛亮激周瑜气周瑜这事，《三国演义》之前的《全相三国志平话》里已经写了。换言之，安排周瑜被诸葛亮气死，早有民间故事雏形。罗贯中借用了这个热闹的情节，但加了优美的修改。结果是，已被民间平话丑化了的周瑜形象，又明亮了起来。

《全相三国志平话》中，周瑜的性格不太可爱。诸葛亮游说孙权，孙权决定起兵抗曹，斩案示决心。但此时周瑜赖在豫章，不肯来。孙权问诸葛亮，诸葛亮断定周瑜耽于女色，才不肯来："周瑜每日伴小乔作乐，怎肯来为帅？"这周瑜形象，也很不堪了。于是诸葛亮去对周瑜用激将法："今曹操动军，远收江吴，非为皇叔之过也。尔须知曹操，长安建铜雀宫，拘刷天下美色妇人。今曹相取江吴，虏乔公二女，岂不辱元帅清名？"被诸葛亮这么一激，周瑜才推衣而起，喝道："夫人归后堂！我为大丈夫，岂受人辱！即见讨虏为帅，当杀曹公！"则平话里，周瑜从不抗曹到抗曹，转折点全在小乔，而且太易动气，轻躁之极。之后孙夫人嫁刘备那段，周瑜还被孙夫人当场嘲讽。"周瑜众官，南见夫人，车前下马，鞠躬施礼。夫人再言：'我家母亲并家兄，使荆王过江，即合准备船机。'周瑜高叫：'刘备负恩之贼！'夫人笑，令人搭起帘儿，使周瑜再觑车中。周瑜叫一声，金疮血如涌泉。众官扶起周瑜，孙夫人到江北岸与皇叔过江。"到周瑜被诸葛亮气死了，遗言也不大气，只想着小乔："吾巴丘已死也，大夫带骨殖却归江吴，倘见小乔，再三申意。"

如此，《全相三国志平话》中，周瑜简直心无东吴，只有小乔；被诸葛亮用激将法激了，才去赤壁抗曹；被诸葛亮气到临死，还让诸将去跟小乔申意。再怎么说夫妻恩爱，终究不算大气。与此同时，平话里的诸葛亮也高不到哪里去：他一直在要诈，与周瑜互坑。结果就显得诸葛亮狡诈，周瑜小气。俩都不是啥好形象。

不少经典民间故事都有类似问题：故事很热闹，但大人物往往斗气，还都是小家子气。罗贯中何以要沿用这个"周瑜嫉诸葛"的设定？细想却也不奇怪。小说需要矛盾，有矛盾才热闹。赤壁之战前后，如果只是诸葛亮说服孙权，周瑜刘备合力抗曹，那剧情便过于平铺直叙；又《三国演义》自三十来回之后，视角全是刘备诸葛亮这几位，得安排戏份嘛。

恰是有周瑜诸葛亮这虚构的对台戏，戏份才好看。于是罗贯中在《三国演义》里这么安排了：刘孙一面合力对抗曹操，又内部互相斗智，道高一尺魔高一丈。周瑜请诸葛亮去打聚铁山，被诸葛亮激将法对付了；周瑜群英会，被诸葛亮看穿了；周瑜让诸葛亮去玩草船借箭，与诸葛亮共商火计，安排了苦肉计周瑜打黄盖，还关心诸葛亮是否看出来了；周瑜取南郡，被诸葛亮抢先拿了，引发荆州争端；周瑜安排美人计，对应历史上孙夫人嫁刘备；周瑜早逝，安排三气周瑜——如此，一段赤壁剧情，外面抗曹操，内部周瑜斗诸葛；故事结构精彩绝伦。

当然这么改是牺牲了周瑜形象的，但罗贯中的修改很精彩。首先，保留了诸葛亮智激周瑜的剧情，但从平话里的周瑜只爱小乔不肯抗曹，变成了周瑜城府暗藏早打定主意，被诸葛亮用小乔一激，才说了真心话："吾承伯符寄托，安有屈身降操之理？适来所言，故相试耳。吾自离鄱阳湖，便有北伐之心，虽刀斧加头，不易其志也。"对比一下，平话里诸葛亮说服孙权，但周瑜心念小乔，不肯抵抗；被诸葛亮用小乔激了，才肯出战。演义里诸葛亮说动了孙权一半心意；周瑜则早已决心抗曹，假意试探诸葛亮，被诸葛亮用小乔激了，说出心里话：他心念孙策旧恩，早就决心抗曹；所谓不抵抗，只是试探诸葛亮；之后周瑜慨然说服孙权，出兵抗曹——这才是雄烈多智的周瑜啊！

之后罗贯中安排周瑜忌惮诸葛亮，也不再是出于嫉贤妒能。《三国演义》里，周瑜两次要杀诸葛亮，都说清了原因："此人见识，胜吾十倍，今不除之，后必为我国之祸！""此人有夺天地造化之法，鬼神不测之术！若留此人，乃东吴祸根也。"周瑜恨诸葛亮，不是私心，而是为东吴，形象一下子高明不少。之后孙夫人和刘备跑路，罗贯中也没让周瑜被孙夫人当面羞辱，给周瑜留了颜面。

终于周瑜被诸葛亮气死了，大家都知道他感叹"既生瑜何生亮"，但在那之前呢？周瑜先写信给孙权，然后对诸将感叹："吾非不欲尽忠报国，奈天命已绝矣。汝等善事吴侯，共成大业。"他给孙权的信则是：

> 瑜以凡才，荷蒙殊遇，委任腹心，统御兵马，敢不竭股肱之力，以图报效。奈死生不测，修短有命，愚志未展，微躯已殒，遗恨何极！方今曹操在北，疆场未静；刘备寄寓，有似养虎；天下之事，尚未可知。此正朝士旰食之秋，至尊垂虑之日也。鲁肃忠烈，临事不苟，可以代瑜之任。人之将死，其言也善。倘蒙垂鉴，瑜死不朽矣。

罗贯中这改写，让周瑜对诸葛亮的嫉恨，从私心提升到了东吴大义之上，可不比平话里那个小气周瑜高出百倍？既兼顾了故事的热闹与可读性，又尽力描绘了诸葛亮与周瑜的智略，更写清了周瑜对诸葛亮实非私仇，只是自始至终心念孙策孙权，心念整个东吴。

最后，罗贯中还加了那一场卧龙吊丧。虽然这段小说里也写，诸葛亮来吴别有心思，但看这段文藻，实是周瑜辉煌生涯的完美总结：

吊君幼学，以交伯符；仗义疏财，让舍以民。

吊君弱冠，万里鹏抟；定建霸业，割据江南。

吊君壮力，远镇巴丘；景升怀虑，讨逆无忧。

吊君丰度，佳配小乔；汉臣之婿，不愧当朝。

吊君气概，谏阻纳质；始不垂翅，终能奋翼。

吊君鄱阳，蒋干来说；挥洒自如，雅量高志。

吊君弘才，文武筹略；火攻破敌，挽强为弱。

最了解一个人的往往不是他的朋友，而是他的敌人啊。

大概就是如此：正史上周瑜与诸葛亮没啥关系；平话里周瑜和诸葛亮很热闹，但俩人一个小气一个狡猾；罗贯中《三国演义》改写的版本，既热闹有戏剧性，又体现诸葛亮足智多谋，周瑜心系东吴。毕竟是小说，讲热闹，这改写方向也是对的。所以老三国电视剧的剧本也秉承了这段精神，特意加了一段诸葛亮的感叹，说得格外明白些。

周公瑾并非忌我之智有胜于他，而是恨我之才不能为东吴所用。周公瑾风雅超群，一代儒将，壮志未酬，如星殒落，怎不令天下英雄同悲！

这里的壮志未酬、如星殒落、英雄同悲，细想极有意思。诸葛亮此时仿佛预言了二十四年后，自己出师未捷身先死、星落秋风五丈原，"怎不令天下英雄同悲！"

唯其是公义而非私仇，才显得周瑜是诸葛亮真正的知己。鲁肃大概是最明白这点的人。

司马懿 vs 诸葛亮

许多人会念叨说：司马懿很能忍，这才熬死了诸葛亮。还将他后来装疯卖傻式反刺曹爽一刀，跟先前对抗诸葛亮的打法相比。甚至将他对诸葛亮的弱势，解释为养寇自重：留着诸葛亮，将来好篡权。

然而并不是这么回事。

司马懿初次对抗诸葛亮，事在 231 年，诸葛亮四伐。再战诸葛亮，事在 234 年，诸葛亮五伐。曹叡驾崩时托孤司马懿，事在 239 年。司马懿高平陵之变背刺曹爽揽得大权，事在 249 年。非说司马懿初次打诸葛亮时就在谋划十八年后的叛变，也就给自己脸上贴金罢了。

再者，司马懿不是从来就像五伐那样，对诸葛亮龟缩死守。司马懿打仗的风格，从来也不是龟缩派。破孟达、平辽东、擒王凌，他都是狠辣速度的打法。甚至231年首战诸葛亮，他都是很有野心的。之所以到了五伐对战诸葛亮时，司马懿忽然变成了铁王八，千里请战、接受女装、死诸葛走活仲达，还被李世民嘲笑，完全是因为231年四伐时，司马懿被打晕菜了。打不过缩起来，不丢人。豹子打不过狮子，藏洞里避其锋芒，这是战略正确。非要把司马懿解释成生来乌龟性格、养寇自重，把豹子说成乌龟，这才丢人。

关于诸葛亮的第四次北伐，《晋书》这么吹嘘司马懿：

张郃劝帝分军住雍、郿为后镇，帝曰："料前军独能当之者，将军言是也。若不能当，而分为前后，此楚之三军所以为黥布禽也。"遂进军隃麋。亮闻大军且至，乃自帅众将芟上邽之麦。诸将皆惧，帝曰："亮虑多决少，必安营自固，然后芟麦，吾得二日兼行足矣。"于是卷甲晨夜赴之，亮望尘而遁。帝曰："吾倍道疲劳，此晓兵者之所贪也。亮不敢据渭水，此易与耳。"进次汉阳，与亮相遇，帝列阵以待之。使将牛金轻骑饵之，兵才接而亮退，追至祁山。亮屯卤城，据南北二山，断水为重围。帝攻拔其围，亮宵遁，追击破之，俘斩万计。天子使使者劳军，增封邑。

简单说吧，司马懿打跑了诸葛亮，还俘虏斩首了上万。蜀汉人口一共不到百万，司马懿一家伙斩俘上万，按冷兵器时代的规矩，蜀汉就该崩溃了。但这里有三个巨大的破绽。《晋书》吹说司马懿在卤城一带击破诸葛亮。但是，街亭马谡败后，诸葛亮自贬；四伐之后，诸葛亮却没自贬：好像没打败仗嘛。司马懿此战后一直避免再战，怎么看都不像是赢了的样子。他老人家那可是侵略如火落井下石的打法呀，怎么不赶尽杀绝呢？又张郃是在追击诸葛亮时死在木门道的，木门道在卤城东北；蜀汉在西南，诸葛亮退军该是往西南走，张郃怎么追着追着，反而越追越回去了呢？《三国志》注引《汉晋春秋》则说：

> 宣王使曜、陵留精兵四千守上邽，余众悉出，西救祁山。郃欲分兵驻雍、郿，宣王曰："料前军能独当之者，将军言是也；若不能当而分为前后，此楚之三军所以为黥布禽也。"遂进。亮分兵留攻，自逆宣王于上邽。郭淮、费曜等徼亮，亮破之，因大芟刈其麦，与宣王遇于上邽之东，敛兵依险，军不得交，亮引而还。宣王寻亮至于卤城。张郃曰："彼远来逆我，请战不得，

谓我利在不战，欲以长计制之也。且祁山知大军以在近，人情自固，可止屯于此，分为奇兵，示出其后，不宜进前而不敢逼，坐失民望也。今亮县军食少，亦行去矣。"宣王不从，故寻亮。既至，又登山掘营，不肯战。贾诩、魏平数请战，因曰："公畏蜀如虎，奈天下笑何！"宣王病之。诸将咸请战。五月辛巳，乃使张郃攻无当监何平于南围，自案中道向亮。亮使魏延、高翔、吴班赴拒，大破之，获甲首三千级，玄铠五千领，角弩三千一百张，宣王还保营。

所以咯，真相是这样的：诸葛亮第四次北伐，出征围祁山，围点打援。张郃提了第一个要求：分兵梯次防守吧！司马懿不听，要求合军前往克敌。人数有优势，是冲着决战去的。让郭淮与费曜守上邽，自己去救祁山。这时候司马懿可一点都不畏缩，试图定胜负。然而之后诸葛亮神出鬼没，去上邽打飞了郭淮和费曜，割走了麦子。司马懿吹着牛追过去，没追上诸葛亮。大概在这时，司马懿发现不对，诸葛亮比他厉害多了，一时就尴尬了，只好大军紧逼诸葛亮，但不战。张郃给了第二个意见：诸葛亮粮食少，可以考虑分兵忽悠；坐守的话，士气人心都没了。司马懿还是不听。逼着诸葛亮，却又深沟高垒地不打，很矛盾啊。队伍人心开始散了，诸将都吐槽说司马懿畏蜀如虎，被天下笑话。于是司马懿在卤城与诸葛亮打，结果被诸葛亮大破。

　　妙在卤城之战，司马懿从战略到战术都有问题。他和张郃合围攻击，自己打诸葛亮，张郃南面打王平。岂不知当年街亭之战，张郃击败马谡后，都不敢动王平，何况此时？结果是，张郃没啃动铁军王平，倒还罢了，司马懿被诸葛亮打出了"甲首三千"。于是诸葛亮战线向东北大幅推进，司马懿这才选择龟缩不出。等诸葛亮粮尽，要回去了，张郃大概记着当年王双追击被诸葛亮反杀的事呢，劝说归军勿追，司马懿说不行，追！张郃以巧变著称，熟悉地形，几年前就是靠地形作战，搞掉了街亭的马谡。但街亭之战后，他面对王平的固守，啃不动。他自己一生吃过最大的亏，是被张飞以狭窄地形大破，仅以身免。大概张郃因此有心理阴影，忌惮蜀汉的回马枪和地形杀。然而司马懿初当主帅，就这么被诸葛亮按头暴打一顿，大概心不甘情不愿——如果有谁说，这时候司马懿已经考虑到二十年后要谋反，所以提前做掉张郃，那就想太多了。张郃这时征战沙场近半个世纪，起码六十多快七十了，这次不死，也未必活得到高平陵。

　　结果张郃去追，被诸葛亮反杀。这一场司马懿对诸葛亮，智谋上，被声东击西晃过，被割走了麦子；将略上，贴着打，被打爆了；最后追杀，还送了当时最后的前三国名将张郃。张郃的三个意见——分兵驻守、奇兵闪动、不要追击——事实证明都是对的，然而司马懿一个都没听进去，最后还把张郃坑死了。这一场之后，司马懿知道自己跟诸葛亮差多远了：粮草被割，行军被晃，硬打被爆，追杀被斩。简直动辄得咎，一碰就死。算了算了，于是到诸葛亮下一次北伐，司马懿就变成了龟缩派，还玩了一出千里请战：请魏帝曹叡让他出战，逼得曹叡派辛毗来禁他出战。

虽然《晋书》狂夸司马懿，但李世民看得一清二楚。所以他吐槽司马懿，那是真到位："抑其甲兵，本无斗志，遗其巾帼，方发愤心。杖节当门，雄图顿屈，请战千里，诈欲示威。"说司马懿看到了诸葛亮送来羞臊他的巾帼，才发愤去打；一看使者辛毗来了，顿时又缩了，可见千里请战就是玩虚的，用手段争面子，丢人啊！李世民又说："且秦蜀之人，勇懦非敌，夷险之路，劳逸不同，以此争功，其利可见。而返闭军固垒，莫敢争锋，生怯实而未前，死疑虚而犹遁。"司马懿明明兵力局面都占优，居然不敢打，还被死诸葛走了活仲达，丢人啊！

司马懿自己后来说：能战当战，不能战当守，不能守当走，不能走当降，不能降则死。他自己在四伐时被打得七荤八素，所以五伐时变着花样防守。千里请战？因为三年前畏蜀如虎被吐槽了，知道自己压不住诸将，所以要靠曹叡和辛毗来压住。坚守不出？因为三年前上邽被晃过了，卤城被甲首三千了，所以在渭水守着不动。死诸葛走活仲达？因为想到五年前王双之死和三年前张郃膝盖中了一箭的惨状，不敢轻易追杀了。

230—231 年，伐蜀失败被反杀到狼狈的四伐，两年间司马懿接受了许多教训，所以在五伐时选择了最保险的策略。被诸葛亮压着打丢人，总比重复四伐的错误被诸葛亮暴揍要好。所以从四伐被打到乱七八糟，至五伐能只落下风丢丢颜面，已经算进步了。丢人就丢人吧，苟下去不被打崩才比较重要。但这终究是不得已的苟且，是被诸葛亮打出心理阴影后的龟缩。非夸司马懿深谋远虑多么能熬，那就是给自己脸上贴金。

曹操与关羽

关羽跟曹操的故事，已被说成传奇：屯土山关羽约三事、挂印封金、灞桥挑袍、千里走单骑、过五关斩六将。甚至老评书有种说法：关羽在曹营待了十二年。

正史其实比较简单：公元200年正月，曹操击破刘备的徐州，刘备远走，关羽归降。当年春天，白马之战，关羽斩颜良。最迟到八月，关羽已经离开曹操，回到刘备身边。关羽在曹操这边留了半年左右，就这样。

本来关羽辞曹，确实是一段佳话，《三国演义》基本照搬了史传情节。大概曹操察觉关羽确实没有久留之意，于是让张辽去探问。关羽表示：我知道曹公待我很好，但我受了刘将军厚恩，誓以共死，不可背叛他。我最后还是不会留下的，只是应当立功报效了曹公再走。这段话千古留名，罗贯中就直接用进了《三国演义》。曹操听了，"义之"，并说关羽是"事君不忘其本，天下义士也"。之后就是著名的关羽出奔，曹操任他走了，成全他的美名。这段，确实尽显曹操关羽二位当世英雄的大气派，史传原文如此，千秋耿耿。

一般都认为，关羽来去雍容，有春秋战国时国士之风；曹操在此时也尽显大度。君臣各自尽其礼节，成全一段佳话。给《三国志》作注的裴松之也说，曹操很赞赏关羽这么做，所以成全他。但是罗贯中嫌不过瘾，还得让关羽多些波折，于是就有了所谓过五关斩六将。实际上，稍微看看地图，就知道不对劲。《三国演义》里关羽过东岭关、洛阳、汜水关、荥阳和黄河渡口，斩了秦琪，招恼了夏侯惇，过了黄河，又转弯去汝南找刘备。这已经不是奉嫂见兄，是曹操领地大巡游来了。所以啦，过五关斩六将纯粹是罗贯中编来给关羽摆造型用的。

但是曹操对关羽的欣赏与放任，却是真诚的。这里面当然不可避免地有收买人心的用意。曹操麾下五子良将，张辽原来归吕布，于禁原来归刘岱鲍信，张郃原来归袁绍，徐晃原来归杨奉，但曹操都很给他们面子。曹操也信用本家，夏侯惇夏侯渊，曹仁曹洪，很有面子，但那是后期。

在 207 年大封功臣之前，夏侯渊和曹仁官爵还不如外姓诸将。

就在官渡前后，曹操也大体海纳百川：刘备来投，要了；许多谋士劝曹操杀了刘备，曹操还是留用，直到刘备跑了。后来跟袁绍对峙时，曹操的杀子仇人张绣听了贾诩的话来投降，曹操接纳了，还拉着贾诩的手说：是你让我的信用重于天下呀！后来官渡之战结束了，曹操查到一大堆自己人和袁绍的通信记录，都烧了，不追究。所以放走关羽，也是这种收买人心的一部分：你是天下义士，好，我成全你，去吧。但骨子里，还有一点，是真正的认同。

细想一下：张辽去探问，关羽说出他要走的实话，其实冒了极大风险。"你想不想在这单位干了？""我在这里干不久，早晚要回旧单位的。"这种话都不能随便说，何况当日曹操可是杀人不眨眼的狠人。所以张辽也犹豫过：关羽这番真话，说不说给曹操听？说了，就怕曹操杀关羽。最后感叹道：曹操是我君父，关羽是我兄弟。——于是把真话说给了曹操。关羽又不是傻子，自然知道告诉张辽真心，自己可能会死，但他还是顶天立地地说了：我会走。张辽也犹豫过，知道自己可能害死关羽，但他转述了。

于是曹操震惊了：关羽如此光明磊落，来去明白，提前就说自己要走！所以曹操问张辽，关羽何时走？张辽说了，关羽一定会报恩之后再走。之后关羽万军之中斩了颜良，单枪匹马解了白马之围，千古传颂的传奇。曹操知道关羽要走了，赏赐无算；关羽把赏赐封好，走了。曹操不让左右追。连为《三国志》做注的裴松之都感动了："曹公知羽不留而心嘉其志，去不遣追以成其义。"——曹操知道关羽不肯留下，嘉许他的志气，那就成全他的忠义吧！

这里还涉及一点，曹操与关羽的性情。关羽出身游侠，喜欢读《左传》，一辈子讨厌士大夫，爱护士兵；曹操是宦官门庭的官僚子弟。曹操少年时也曾所谓"任侠放荡"，喜欢看书，当了洛阳北部尉，就拿棒子去打权贵。到济南时，还上表弹劾贪污犯。他后来自白说理想就是立功边疆，当征西将军。后来时移世易，曹操成了我们所知的奸雄，但大概他骨子里也还是想当个游侠，也想跟关羽一样，来去明白，做个顶天立地的人，像个英雄一样光明磊落过一生。但他因为种种原因，做不到关羽这样潇洒。到199年左右，他已经挟天子以令诸侯，没法回头了。

关羽当时放着朝廷恩赏、正式职称和大把赏赐不要，就要回去刘备身边当个讲义气的英雄，跟当年那个独自冲向董卓的曹操多么相似？理想主义的浪漫，鄙夷主流的高傲，曹操自己已经没机会了，但看到关羽这样，很可能就有种想法：我能欣赏你，因为我以前也想这么过一辈子；我做不到的事，希望你替我成全了吧。在《三国志》关于这段的描述里，曹操对关羽的态度是"义之"、"天下义士"、"以成其义"，一段话里，义，义，义。

公元 220 年关羽被杀，孙权把首级送给曹操，这意思既是献媚，也是转移责任，让刘备看看：啊，关羽首级在曹操那儿。曹操是用诸侯礼节葬了关羽。一方面，还是收买人心；另一方面，也多少算是发自内心的尊重吧！

诸葛亮与魏延

因为《三国演义》的缘故，许多人都会误解诸葛亮跟魏延关系差，甚至魏延还是诸葛亮算计死的。然而论正史，诸葛亮简直是最看得起魏延的人，甚至是魏延的幸运星和保护神。

按正史，魏延出身不算高。随刘备入蜀，先拜牙门将军，再督汉中镇远将军——而非众人以为的张飞——再镇北将军。这是刘备时代的魏延。

诸葛亮北伐时，魏延督前部、丞相司马、领凉州刺史。督前部，就是前军先锋了；丞相司马，是诸葛亮极信赖的了；凉州刺史，虽然那会儿凉州不在蜀汉手里，但待遇搁这儿了。名分、地位、实权，诸葛亮对魏延够好了。之后魏延与吴懿入羌中，破费瑶与郭淮。此时魏延之于诸葛亮，已等同关羽之于刘备：别领一军为主帅，实为诸葛亮以下第一人。此战后，诸葛亮授魏延前军师、征西大将军、南郑侯，假节。假节的意义众所周知，如果诸葛亮看不起魏延，提防魏延，让他假节作甚？到四伐，打司马懿甲首三千之战，魏延是诸军里名字排第一的。

大概魏延的光彩与战绩，全都是在诸葛亮时代打出来的。甚至到诸葛亮临终讨论退兵，都是这么安排的：魏延断后，姜维次之。若魏延抗命，诸军自退。断后与先锋，军队里最重要的位置。先锋打不下还好，断后断不好，全军尽没。当年于禁在曹操手下的荣宠恩遇，也就是出则先锋、退则断后。诸葛亮又是特别在意退兵时断后套路的，二伐回马枪斩王双，四伐回马枪斩张郃。这时诸葛亮自己要去世了，若他不信魏延，让他断后干吗？趁自己还活着，赶紧把魏延一刀剁了便是。

所以，诸葛亮从来重用魏延，给他权限，给他官位，给他独立领兵权，给他假节，到自己临终，还信任他，让他断后。只是诸葛亮顾虑到，魏延可能不听话，才考虑了备选方案：若魏延不从，则姜维断后。已经考虑到魏延可能不听话，还是没趁自己活着时，斩草除根直接杀了魏延，诸葛亮是真的很宠爱魏延了。

之后魏延之死，是杨仪的责任了。诸葛亮一死，魏延此前糟糕的人际关系全面崩溃。本来诸葛亮活着时，还能稍微镇得住杨仪和魏延的矛盾。魏延因此高估了自己的号召力，不只对将军，对士兵也如此，于是他闹事了。王平跟魏延对峙，一提诸葛亮，魏延的士兵集体离散，魏延逃亡授首。大概那时魏延才意识到，手下的士兵根本服的不是自己，而是诸葛亮。

当然杨仪自己也不是啥好东西，但诸葛亮是对得起魏延了。甚至可以这么说，魏延大概一直觉得诸葛亮护着杨仪，不知道诸葛亮在护着自己。诸葛亮一薨，魏延闹事，才发现费祎、姜维、马岱、王平们都向着杨仪。大概恰是诸葛亮对魏延太好，给了魏延自我感觉过于良好的错觉。

以上是正史的魏延诸葛亮故事。那《三国演义》里所谓诸葛亮遗计杀魏延，是怎么回事？

我们知道，罗贯中为了戏剧性，经常用力过猛强改剧情。所谓刘备长厚而似伪，诸葛亮多智而近妖。写通俗小说嘛，难免如此。为了显得刘备得人心，罗贯中设定，曹操南征时就让魏延出来要投刘备。为了让魏延有作用，战长沙就设定让魏延救黄忠投刘备。为了塑造诸葛亮有先见之明，说诸葛亮看出魏延反骨，要斩他。为了表现诸葛亮跟魏延的对立，还描写陈式和魏延各色不满诸葛亮。为了表现诸葛亮神机妙算，魏延死得其所，还描写了诸葛亮遗计杀魏延。罗贯中这种写法就属于事后找补。结果，就从正史的诸葛亮用好了魏延，变成了民间流传的诸葛亮打压魏延。这种误解源远流长，之后又恰好赶上翻案风。正史里压根没有诸葛亮打压魏延的事，最多说魏延要求与诸葛亮分领一军，那是形容魏延自高自大的。但《魏略》里提到了魏延所谓子午谷之谋，那大概是诸葛亮唯一不认可魏延的地方了。

然而所谓魏延的子午谷之谋，本就是个扯淡计划。简单说，子午谷之策要成功，须满足以下所有条件：

一，魏延的五千人可以十日内急行军到达长安。（作为对比：曹真西征时，军马在子午谷走了一个月）。

二，长安的夏侯懋完全不设防，而且蠢到一听说蜀军来了，就立刻屁滚尿流逃走，而不选择闭门坚守：急行军是不可能带攻城器械的，闪电战拿不下长安，那就是死。

三，此次偷袭保持信息的零泄漏，让魏国关中和南阳方面完全聋掉。

四，夏侯懋蠢到逃走了，还给蜀汉五千人留足粮食。

五，诸葛亮二十日内把后续部队和粮草全部运到长安。

五个条件缺一不可，否则，魏延这五千人就完了，打下长安，也会立刻被魏国反过来包饺子吃掉。如果有人说，五千人不多，没了就没了？话说，蜀汉灭亡时，一共28万户94万人，诸葛亮北伐时人口估计还没这么多，所以诸葛亮历次动兵，兵力从不多过十万，这十万里，精兵有多少？五千精兵，全国人口的两百分之一啊，为了撞个大运白白送掉？再说了，哪怕魏延真取了长安又如何？马超当年也拿过长安，还不是在潼关被曹操按住了？魏国防御纵深太了得，拿了长安，要搞定洛阳和许都还是麻烦。这又不是关羽时代了，襄樊大捷就能让各路反曹势力蜂起。所以子午谷之谋本身就缺少常识，是一个存疑的赌博计划，《魏略》有记载而正史不载，也不奇怪。

也有人说，哪怕概率低到近乎零，诸葛亮也可以听魏延的话赌一把嘛。然而诸葛亮的资源地盘人力本就不及曹魏，冒不起险。他北伐时，经常往祁山陇右那边晃，一度攻占过南安天水安定，后来又永久性占领了武都阴平。这打法乃是：割裂陇右。诸葛亮的最终目标是北伐，但他历次北伐，客观上的结果就是牵制、骚扰和削弱魏国。只要诸葛亮存在，凉州雍州不敢解甲，魏国始终紧张于他的出征，不敢加兵（曹真伐过一次蜀，没贯彻始终）。这才是他真正的战略：能北伐成功自然好，如果不能，至少让魏国头疼，自己也能平安回去。诸葛亮在《隆中对》里早说过了，北伐成功的先决条件是中原有变，则他大多数的进攻都是以攻为守的牵制，而不是没等到机会就一股脑下狠注赌一把，把国家给断送了。何况正面打本来就能打赢，贴着脸都能逼得司马懿畏蜀如虎、闭门不出，何必要这么赌呢？

所以啦，所谓诸葛亮看不起魏延、打压魏延、不用魏延的奇谋，乃是一个正史本非如此，罗贯中强行加戏，小说叙述流传、民间误以为真，引来一堆翻案文的怪案例。

至于这个观点为啥大家都信以为真，甚至当回事热衷讨论？一是《三国演义》影响力大，小说也能被人当正史。二是翻案风流行，谁都想颠覆一下传统。三是，很可能，每个人或多或少都有怀才不遇被上头压迫的经历，抱着这种心思看魏延的经历，就觉得格外冤屈，一旦代入了，就觉得翻案有理，都忘了翻翻正史看是否如此，只顾相信了诸葛亮打压魏延甚至遗计杀魏延——虽然这些都和借东风禳七星一样是玄幻故事。而忽视了正史诸葛亮，恰恰可能是太溺爱魏延，才把他骄纵得众叛亲离。

说一个魏延的极端反面：当时击走魏延的蜀汉大将王平。王平字子均，川中宕渠人，少时在外家何氏家中生活，还改过姓——《三国演义》里，他一度被叫作何平——且是曹魏降到蜀汉的。王平出身行伍，据说认识的字不超过十个，出身实在是低得很了。现在民间故事里，他最有名的大概是《失空斩》，马谡守街亭，王平是副手。王平很沉稳，建议按照丞相吩咐当道下寨；马谡就很浪，上山下寨，还说什么置之死地而后生。结果马谡就糟糕了。

失街亭后，王平有个极大的亮点。当时张郃已经摧毁了马谡，但王平以千余人鸣鼓自守，逆境中不为所动。张郃怕有伏兵，不敢进逼。能让正打着生涯最大胜仗的张郃罢手，王平的整军能力很强了。诸葛亮斩了马谡，而王平有进谏之功，留为参军。一罚一赏，是诸葛亮体现其持平的地方。王平由此升起。

231 年诸葛亮第四次北伐，司马懿卤城之战。当时张郃攻王平，司马懿攻诸葛亮。诸葛亮打了司马懿一个甲首三千，而王平让张郃无可奈何。五子良将、巧变著称的张郃，的确不太擅长硬打，但你如果给他机会——比如马谡在街亭——他就能把你卷了。王平持重，没给张郃任何机会。

诸葛归天时，杨仪与魏延闹将起来，是王平击散了魏延。张郃、魏延，两个前三国的名将，都被王平赶跑了。诸葛亮逝世后，刘备的小舅子吴懿是车骑将军，守汉中，而吴懿的副手，是王平。诸葛亮逝世三年后，王平督汉中。刘备麾下，第一任督汉中的是魏延。魏延到王平，也算个轮回。之后王平就是汉中守护神了。

魏延守汉中时，刘备曾问他意向，魏延豪言说："若曹操举天下而来，请为大王拒之；偏将十万之众至，请为大王吞之。"魏延一辈子没遇到过十万军来袭，王平守汉中时遇到了。曹爽十万军来袭，当时汉中兵不到三万。有人建议说直接收缩固守，等援军来，但王平坚持了重门之法，守住了兴势山，立下大功。曹爽跑路了。我很怀疑王平这一战让曹爽完全丧失了信心和威望，以至于后来被司马懿一闹，就放弃兵权投降了。从这个角度想的话，王平一个防守战，间接跟曹氏失权挂钩了。

王平做过的职位很多，大半是监军、护军、典军，因为他严谨。他不识字，但喜欢听人讲历史。题外话：石勒、杨大眼也都是这习惯。搁现在，他们就是有声书或者名著解读的目标用户。当然，王平也不是没缺点，陈寿说他"性狭侵疑，为人自轻"。但也不奇怪，一个归降而来、没有靠山的边地孩子，没有诸葛瞻或吴懿这样的背景，没有姜维这么年少得志的天才，没有蒋琬费祎这样诸葛亮亲口推许的能力，没有魏延向宠这种跟随过先帝的资历。靠什么呢？严谨呗，不犯错呗，扎扎实实的工作能力呗。

这样的人，不会太大大咧咧，大多怕行差踏错，甚至自轻自贱，玩笑都不开。这样低调扎实的人，是所谓干部队伍里真正"农民的儿子"了。本身处在要害岗位，性子急些、偶尔自卑、多疑、不敢冒险，按照成规定法做事，也很正常吧？大学宿舍里，许多人大概都见过那些小地方来、沉默寡言、成绩出色但不声不响、还有点自卑的舍友吧?就是这类人咯。像魏延这种跟先帝谈笑风生,一张嘴就是十万之众来为大王吞之,跟丞相一拍胸脯要五千精锐冒险偷袭长安之类,王平这辈子都不会说出来的。但不妨碍他在绝境时各种神奇演出:败势中吓退张郃,卤城之战硬扛张郃,危机中解决魏延,面对曹爽十万大军果断地重门之法,扛住了——虽然重门之法还特别需要刘敏的支持才能实行,因为刘敏是蒋琬的表弟。

三国时的草根苦娃子,就是这么不易。但在228—243年,王平的确是蜀汉的草根 MVP。也是魏延的对立面。

诸葛亮与王司徒

由于现代互联网，诸葛亮骂死王司徒的段子，我们都很熟悉了。其实王朗王司徒那番话，乍看确能唬人。张口就说："天数有变，神器更易，而归有德之人，此自然之理也。"拿天道说事。之后就说天下大乱，曹操平乱，天命所归。既然要应天顺人，那就自然而然带出了："倒戈卸甲，以礼来降，不失封侯之位。国安民乐，岂不美哉！"听上去还蛮有逻辑的。

可惜，这个套路，小说里二十年前诸葛亮就在江东见识过了。当年诸葛亮舌战群儒，薛综也张口拿天命说事，说汉朝天数将终，还是赶紧降曹吧，被诸葛亮一句"无父无君"拍回去了。诸葛亮这次依样画葫芦，先说汉室衰微是因为朽木当道，那是骂汉朝老臣王朗。又说王朗反助逆贼，同谋篡位，这就是指着鼻子骂了。再宣传一句，我们昭烈皇帝是正统。临了再说王朗没脸见汉朝先帝。总之，围绕着汉是正统，追着王朗出身汉臣，一路追到底。然后，王司徒直接气倒落马没了。

"我从未见过如此厚颜无耻之人！"这话也是电视剧编剧加的，《三国演义》原著没有。但提个效果，一气呵成嘛。大概编剧想：反正诸葛亮阵前骂王朗这剧情是编的，咱们追骂几句也没事。

正史上，王朗当然没被诸葛亮阵前骂死。但王朗劝降诸葛亮、诸葛亮隔空骂王朗，倒也是有的。如诸葛亮所言，王朗"世居东海之滨"。王朗早年以通经而拜了郎中，师事太尉杨赐，被陶谦察了茂才，老名士了。当时汉献帝在长安，王朗劝陶谦奉事汉献帝，于是天子给陶谦安东将军，王朗会稽太守。之后孙策来了江东，王朗去打，输了，逃到海上，被捉了。孙策也不想乱杀名士。之后曹操要王朗，王朗就去了。

王司徒整体办事风格，有点温吞。后来《世说新语》里，关于王司徒的形象有两个段子：其一，王朗很推重华歆的学识度量，年终祭神之日，华歆召集子侄宴饮，王朗也跟着学。有人跟张华说这事儿，张华吐槽说：王朗学华歆只学表面，所以离华歆越来越远。其二，还是王朗和华歆，俩人一起乘船避难，岸上有人被追，想上船来投靠。华歆犹豫了，王朗觉得船里还宽敞，没关系。末了才发现，那人被贼寇追杀，王朗怕了，想把那人放回岸上去，华歆说：我刚才犹豫，就为了他可能有难，会连累我们；可是既然收留了，怎么还好意思舍弃他？这两个段子都显得王司徒没啥主见。

如果《世说新语》这两个还算是段子，那王司徒在正史上的记录，确实也是温吞风。比如，早先孙权跟曹操假意称臣时，王朗还歌功颂德一番，仿佛天下要定了。结果孙权继续跟曹魏杠了下去，显得王司徒特别好哄。陈寿在《三国志》里拿孙权比勾践，说孙权很懂扮猪吃老虎。王司徒还真相信。后来曹魏篡汉，身为汉献帝任命过的会稽太守、汉朝老臣，王朗就当了曹魏三公。刘备和孙权打起来了，曹魏有人提议趁火打劫，王朗说天子之军应该不动若山。结果刘备被陆逊打跑时，曹魏没能捡得来现成便宜。

到了曹丕朝，王司徒主要的记录，一是劝要节省，二是劝不要恢复肉刑，这就跟钟繇卯上了。当时的舆论讲仁义，都说该停止肉刑。钟繇自己干过刑狱，认为废除肉刑固然宽仁，但反而加重了刑罚，他是从实际操作出发的。王司徒嘛，那自然是讲一堆大道理。这事本身结果不论，王司徒的温吞风是显出来的。陈寿在《三国志》里说钟繇"开达理干"，王朗"文博富赡"，都是一时之俊伟。说白了：钟繇善于实操，王朗引经据典。这事让钟繇和王朗撕了一阵子，留了个后患：王朗的孙女王元姬记了仇，后来常跟自己老公司马昭吹枕头风，说钟繇的儿子钟会久后必反。后来钟会果然反了，大家说，王元姬真有眼光。其实说穿了，就是上一代结的仇啊。

大概按正史来看，王朗王司徒，据说为人慷慨，又厉行节约，但不大聪明，没什么主见，甚至笔下嘴上都不算快。《三国志·王粲传》注引《典略》说王粲口才好，辩论棒，相比起来，钟繇王朗等"皆阁笔不能措手"，显然差了一筹。钟繇至少书法出色，王司徒就不知道了。如此说来，王司徒的确不善于出主意，但聊聊节约，夸夸曹魏，还挺不错的吧？

正史上王司徒和诸葛亮有啥关系呢？刘禅初继位时，王朗和他的同事华歆、陈群、许芝、诸葛璋等，纷纷给诸葛亮写信，陈述天命人事，劝诸葛亮投降算啦。这算是书信版本的"以礼来降，不失封侯之位。国安民乐，岂不美哉？"诸葛亮没有阵前大骂王司徒，但诸葛亮写文章了。

那篇文章叫《正议》，大概意思是：项羽当初无德，所以虽然开始很牛，后来就不行了；曹魏也是这么回事。还有些人仗着自己一把年纪了在那儿折腾，好比以前那些称颂王莽篡权的家伙。当年光武帝几千人都能在昆阳把王莽四十万人给打了，说明人数不是关键。曹操自己来汉中救张郃，不也把汉中丢了吗？曹丕也是骄奢淫逸搞篡位。纵使那些人搞苏秦张仪的诡辩，也只是浪费笔墨。我们才是正道。

诸葛亮没有点名王朗，但说了：仗着一把年纪胡说八道，都不是啥好人。后来诸葛亮《后出师表》里有这么句话："刘繇、王朗，各据州郡，论安言计，动引圣人，群疑满腹，众难塞胸，今岁不战，明年不征，使孙策坐大，遂并江东。"诸葛亮总结说：当年刘繇王朗就是偏安不动，导致孙策坐大，吞并江东。所以诸葛亮也是怕魏国变强，所以要北伐，逻辑很通。

所以我们看，《三国演义》里，诸葛亮在阵前骂死王朗，这是虚构的。正史里，诸葛亮被王朗劝降不搭理，回头写文章，把王朗当反面教材嘲讽。好像，后者更残忍一点？

诸葛亮嘲讽王司徒"动引圣人"，也没冤枉他。当时曹丕后宫孩子少，王司徒就上表了。开头就一大段：昔周文十五而有武王……说了一堆周文王周武王周成王的典故，话锋一转，先拍马屁说曹丕的品德堪比周文周武，又说曹丕年纪大了，儿子少，立嗣的事儿还是得上心。又引经据典说，后宫不在人多，而在诚于一意什么的。管天管地，最后管到曹丕的下半身去了。同样的年代，诸葛亮写《出师表》，开头就是"先帝创业未半"，我们都耳熟能详。陈寿说诸葛亮写文章文采不艳，不说些有的没的，是有原因的。所谓"亮所与言，尽众人凡士，故其文指不得及远也"——诸葛亮写文，面向对象是普罗大众，说清楚道理就行。这就是王司徒和诸葛丞相的区别了。立场上，王司徒汉朝老臣，去给曹魏摇大旗。诸葛亮东汉农夫，孤旗扶汉。做派上，王司徒动引圣人，走的是上层路线。诸葛亮是重视民生，文章简洁，实际操作一等一。

演义里，王司徒作为汉朝老臣，看到曹魏得势，便归于天意，转身"岂不美哉"，这也算是一种老名士面对时代变迁的反应吧。正史里，诸葛亮在大不利时，依然强调"汉贼不两立，王业不偏安"，堂堂正正话说穿。如此一来，虽然历史上这俩人没真的阵前互骂，但的确做派上是针锋相对。正史诸葛亮虽然没有"我从未见过如此厚颜无耻之人"这么面对面地大骂王朗，但确实用实际行动完成了对王朗的终极嘲讽。这么想想，罗贯中把他俩直接写进小说里，让他俩的隔空对决真的上演了一次，也算是痛快了吧？

话说，诸葛亮五丈原归天后三十年，他儿子诸葛瞻、孙子诸葛尚战死绵竹，一生为季汉出力。王司徒身为汉臣，当了曹魏司徒，孙女王元姬还生了晋武帝司马炎——代代富贵，朝朝得势。还不提他儿子王肃在经学上的那些小手脚，那是另一个话题了。

诸葛亮殁后，家里桑八百株（因为他要带头鼓励蜀锦贸易），田十五顷，家无余财。对诸葛亮而言，鞠躬尽瘁，死而后已。家无余财，不负汉朝，星落秋风。王司徒除了王元姬这个太后孙女，还有个孙子王恺，就是跟石崇斗富的家伙，什么紫色绸缎做行幕拉个四十里，什么赤石脂涂墙壁，就是个败家玩意。大概对王司徒而言，不管是汉是魏还是晋，是否"国安民乐"，主要是让他应天顺人，"不失封侯之位"比较重要吧。谁高谁低，那真是一目了然。

周瑜，对孙权而言

　　说到周瑜，大概是《三国演义》和《三国志》里区别最大的一位了。

　　《三国演义》里，罗贯中要夸诸葛亮，免不了要牺牲周郎。周郎一方面谋略出众，一方面胸襟不够宽宏，没事就琢磨诸葛亮才华卓著，久后必然为祸，想方设法要害他，还搞出了草船借箭啥的，终于被诸葛亮气了三次，"周郎妙计安天下，赔了夫人又折兵"。之后周瑜"既生瑜，何生亮！"还让诸葛亮来个卧龙吊丧。

　　正史呢，没有他俩见面的记录。毕竟诸葛亮是到江东做使者，劝孙权联合刘备一起抗曹，之后孙刘联军主要是周瑜跟刘备勾兑。正史里诸葛亮没有呼风唤雨的本事，所以周瑜也不至于坑他。实际上，周瑜在历史上很突出的一点品质，就是胸襟特别宽宏。大家都说跟他交往久了，不觉沉醉。大好人一个。他三十六岁在巴丘去世，也不是诸葛亮气的。微妙的是：江东孙家只要跟荆州沾上关系的，孙坚死时三十七岁，孙策二十六，周瑜三十六，后来吕蒙四十二，都是英年早逝啊！

孙权后来登基，说过这么句话："孤非周公瑾，不帝矣！"如果不是周公瑾，我当不了皇帝。周瑜早年跟孙策是好朋友，情如兄弟，还是连襟，分别娶了大小乔，众所周知。孙策遇刺，临终前把权力交给孙权，当时托孤的是张昭。张昭是徐州的大学者，先前因为战乱到了江东，成为孙策首席内政大臣，当时在知识分子队伍里，张昭名气还大过孙策。孙策死前，周瑜在外，孙策就对张昭托孤了：如果孙权才能有限，你就取而代之；如果我们混不下去了，你再缓步西归，从容地找其他势力投靠，别有顾虑。听上去像不像白帝城刘备托孤诸葛亮？张昭接了嘱托，就辅佐孙权。劝孙权说这时候不能哭，扶孙权上马。也就这时候，周瑜带兵赴丧。就此确定了孙权的权力，也确定了周瑜的地位。

但张昭似乎并没把东吴当成一个独立政权。曹操当时在官渡打赢了，要孙权送儿子来当人质。张昭们不反对臣服于曹操。但周瑜就反对了。这时周瑜与张昭显然已经各站一边。张昭代表着士人，不排斥东汉朝廷来招安的；周瑜和他的哥们儿鲁肃，是一开始就跟孙权琢磨割据独立，自己当家做主。

赤壁之战前夕，文官以张昭为首，说要投降曹操，武官都不肯降。罗贯中写了舌战群儒这出戏，让诸葛亮嘲讽文官群：张昭、顾雍、步骘、薛琮、陆绩。顾陆朱张几个姓氏，基本就是江东当地大族代表了。后来诸葛亮劝孙权，用了激将法。他知道孙权年轻，那年不到三十岁，而且雄心勃勃。周瑜跟孙权进谏时，则强调非打不可。孙权当时挥剑砍了桌子一角，说再有说要投降的，就跟这桌子一样！则赤壁的决定，乃是周瑜鲁肃这些割据独立派，对张昭这些士人的胜利。

周瑜在赤壁击败曹操，这件事太有名，不再多提了。很妙的是下面这两件事。曹操在赤壁之后写信给孙权说：赤壁之战，我们军队有瘟疫；我是自己烧了船撤退的，居然让周瑜得了这个虚名，哼！曹操这段话很自然是找补面子，但透出一个细节：周瑜当时赢了曹操，名气极大，连曹操都要打压，说周瑜这是"虚名"。要知道，此前曹操简直天下无敌，十年不到，把袁术、吕布、袁绍、刘表全数拿下。这时候来了个年少的周瑜，与刘备联合，以少打多，把曹操打败了，确是大事。

后来刘备去京，也就是现在的镇江，娶了孙权的妹妹做夫人。孙权坐飞云大船，跟张昭、秦松、鲁肃等十几个人送刘备，然后，孙权单独跟刘备说话时，刘备说："公瑾文武筹略，万人之英，顾其器量广大，恐不久为人臣耳。"刘备当面夸了周瑜文武全才，万中无一；看他器量这么大，估计当臣子当不久了吧？——这话听着，已经像在挑拨离间了。

大概对孙权来说，挺矛盾。他自己有班底，是吕蒙蒋钦他们几个，但当时还没成气候；周瑜是他哥哥的班底，东吴最强的将领，他当然要依托周瑜的力量，制衡顾陆朱张。赤壁之战是孙权和周瑜的胜利，但周瑜在赤壁之战后，的确有点过于强大了，连曹操刘备都在念叨：周瑜得了虚名；周瑜是不是还会做臣子啊？

赤壁之后两年，三十六岁的周瑜过世了，一个微妙的时间点。此前周瑜的存在，让孙权坐稳了江山，打退了曹操，确定了割据，压住了张昭一派的力量。孙权后来割据称帝的思想，也是周瑜和鲁肃帮他确定的。这就是孙权所谓，没有周公瑾，我没法称帝。

说回周瑜在东吴的待遇。周瑜第一次被公开表彰，是孙策迎接他，授建威中郎将，给他二千兵和五十骑，给他鼓吹，给他治馆舍，赠赐莫与为比。表彰周瑜时，孙策说得非常真诚：周瑜英俊异才，跟我有骨肉情分，之前他在丹阳有功劳啊，我所做的都不足以酬报！然而孙策是个"美姿颜，好笑语"的人，爱开玩笑。所以他私下里这么念过周瑜，也算是个表彰：桥公俩女儿流离，能嫁给咱俩，估计也高兴吧？这就是领导私下里表示：咱真是一个等级的，你看，连娶媳妇都是姐妹俩！

到孙权时代，表彰周瑜的方式就很好玩了。周瑜刚死时，孙权流涕表示：周瑜有王佐之资，他短命，我依靠谁！孙权后来登基，也对大家念叨：若非周瑜，我没法坐这位子。可是，孙权处理了周瑜的儿子周胤。当时诸葛瑾和步骘上表跟孙权念叨，说周瑜是您的心腹爪牙，视死如归，扬威华夏。现在您处理他的儿子，不好吧？孙权表示：我不会忘记周瑜的旧功劳，我和周瑜的感情也很好。但是！周胤做的事太过分了！之后诸葛瑾、步骘、朱然、全琮不停求孙权，孙权才许可，然而周胤那时恰好死掉了。

后来周瑜的侄子周峻没了，全琮表奏周峻的儿子周护当将军，孙权又是一大套：当初赶走曹操、拿下荆州，都是周瑜的功劳，我没忘，但是！（孙权很喜欢但是）听说周护性格不好，所以不能让他当将军。哦对了我还要重复一遍首尾呼应：我思念周瑜，一刻不停啊！

所以孙权的态度是：周瑜好，周瑜妙，我有今天全靠周瑜。但是！周瑜儿子的事，周瑜侄子的事，我还是要按自己的方法来。虽然如此，我可一刻都没忘记周瑜的功劳啊！

之后，孙权跟陆逊讨论周瑜鲁肃吕蒙：周瑜好，打跑曹操，开拓荆州，现在你要继承他啦！鲁肃虽然有优点，但他也有缺点，我就忘掉他的短处，重视他的长处。吕蒙没啥文化，后来才进步了，大概仅次于周瑜吧。

孙权喜欢一个人时是真喜欢，但不妨碍他事后加点便宜话。看他喜欢陆逊时，把周瑜夸得天花乱坠，然后说陆逊"君今继之"。一旦想到后来陆逊不得他欢心时的下场，就让人害怕了。

陆逊与孙权

如果忘却陆逊之死这个结局，则孙权与陆逊实可算君臣千古佳话。甚至到陆逊死前一年，他俩的故事都很完美，所以才显得那个结局如此悲催。

本来陆家在吴地，与孙家这个外来征服者有怨。后来孙权与江东人友好，让陆逊成了孙策的女婿。陆逊献计袭关羽，吕蒙死，孙权用陆逊拒刘备成功，是为陆逊登堂入室、名动天下之始。

其间也不无波折：拒刘备时，陆逊多次被诸将质疑，却也有理有据地压服诸将，以至于孙权问他干嘛不举报那些不听话的人："君何以初不启诸将违节度者邪？"陆逊答："受恩深重，任过其才。又此诸将或任腹心，或堪爪牙，或是功臣，皆国家所当与共克定大事者。臣虽驽懦，窃慕相如、寇恂相下之义，以济国事。"孙权大笑称善。陆逊是个大局观极佳的儒将，肯包容手下，孙权觉得真棒。

从此，两人关系进入蜜月期。孙权对陆逊的意见越发重视。刘备在白帝城时，徐盛潘璋等都说可以进击，趁他病要他命，孙权还是征求了陆逊的意见，没打。此后吴蜀和好，孙权让陆逊直接和诸葛亮对话，允许他修改书信。这是外交上的至高权限了。

魏吴石亭之战，孙权召陆逊来当大都督，且假黄钺，"吴王亲执鞭以见之"。当年孙权对鲁肃"足以显卿否"的荣宠，也就是这样了。陆逊班师时，孙权也给了他大场面："权令左右以御盖覆逊，入出殿门。"然后就是信任的极限："是岁，权东巡建业，留太子、皇子及尚书九官，征逊辅太子，并掌荆州及豫章三郡事，董督军国。"此后陆逊驻武昌，该有十六年，武昌实为东吴陪都。孙权自己在建业，让陆逊掌荆州及豫章三郡，上游尽付于他。想想孙权对荆州和上游多么敏感，都不惜背刺荆州，这才能显出他这托付多么真诚。

内政外交荣宠，什么都给了。到陆逊逝世前一年，孙权还让他当了丞相，而且继续负责武昌事务。到此，陆逊可谓出将入相位极人臣。可是再过一年，陆逊就和孙权闹崩了，于是去世了。

陆逊之死，事涉孙权的二宫之变。孙权太子孙登没了，三儿子孙和当了太子，四儿子孙霸当了鲁王。孙权宠爱鲁王，于是鲁王和太子针锋相对。涉及各种派系、外来本地，一团乱。陆逊是支持太子的。一般陆逊之死，大家多归结为：孙权晚年有点变态，多疑了，那四五年时间又被太子之位给磨烦了，又不想让江东大族蹬鼻子上脸，于是做起事来也撒泼打滚。我稍微八卦一点：许多人印象里，通常陆逊是玉面郎君，孙权是紫髯大叔，其实他俩只差一岁。孙权小诸葛亮一岁，陆逊小孙权一岁。

陆逊的性格，按《建康实录》："性忠梗，出言无私，立朝肃如也……为人素俭知足。"他是个端正刚直的人，为人也儒雅真纯。当初打刘备被诸将折腾时，他也持之以正。孙权大陆逊一岁，却是另一番性格。坐车打老虎，喜欢长夜之饮，开朗活泼，喜欢大笑，喜欢恶作剧，比如用驴去嘲讽长脸的诸葛瑾，比如试图搞一搞来使的费祎。他会跟张昭吵架，吵着吵着动了感情，就对哭起来。当然哭完了，该咋样还咋样。

孙权对手下好起来，那是真的好。夸起来也直言不讳。比如鲁肃一来，榻上一起躺着；称尊之后，立刻归功周瑜。他喜欢陆逊时，还会喝高了跳舞，亲自解衣服给披上。"陆逊破曹休，上与群僚大会，酒酣，命逊舞，解所着白䶝子裘赐之。"对陆逊这样端正的人而言，肯定也觉得孙权这人吧，热情归热情，怎么性格这么虎呢……

孙权性格足够虎，加上信赖起人来无止境，所以他很能得人心。用学者赵翼先生的话，孙权交接手下，是所谓"以意气相感也"。孙策临终前那句"举贤任能，各尽其心，以保江东，我不如卿"，并非虚致。但这份意气也有另一面，就像许多张嘴跟你自来熟的哥们儿，可能也并不是二愣子。孙权热情，但也狡猾，善于随机应变。他会对刘备"进妹固好"，嫁个妹子过去，也会背刺荆州，击杀关羽；他会跟曹操对峙，也可以向曹丕低头，当大魏吴王。

在性格很虎的背后，他有极狡猾的一面。所以陈寿拿他比勾践，确也没错。这份狡猾，让孙权夸过人之后，也可以翻脸说便宜话。比如他说鲁肃："子敬英爽有殊略，孤始与一语，便及大计。"但之后又说："后虽劝吾借玄德地，是其一短……子敬答孤书云：'帝王之起，皆有驱除，羽不足忌。'此子敬内不能办，外为大言耳，孤亦恕之，不苟责也。"他也可以刚称尊，回头就对张昭直截了当地说："如张公之计，今日乞食矣。"

孙权和张昭的矛盾尤其有意思，两人吵起来有点像老师小孩吵架。著名的吵公孙渊事件，孙权生气地跑题，对张昭做起了人身攻击:"吴国士人入宫则拜孤,出宫则拜君,孤之敬君,亦为至矣,而数于众中折孤,孤尝恐失计。"我觉得,这里孙权发怒,多少体现出他对张昭埋藏已久的心结:吴国人入宫拜我,出宫拜你,怎么你还嫌不够?更进一步:吴国究竟谁说了算?!

大概孙权的性格是:我热情,我开朗;我狡猾,我能忍;我可以信赖你,可以无限信赖你,可以跟你亲热得跟自家兄弟似的。但前提是,我得能褒贬,得有控制力,得我说了算。孙权后来拜相,不用张昭而用顾雍,妙在顾雍是个不喝酒、沉默寡言的人。孙权也认为"顾公在坐,使人不乐",但还是用了,因为顾雍是所谓"辞色虽顺而所执者正"的宰相。王夫之认为顾雍类似于曹参和宋璟,简靖又静正。孙权就需要一个沉默端正的好宰相——张昭对孙权而言,太严太高了,大家都"出宫则拜君",谁受得了!

说回陆逊和孙权。他们闹翻那年,两人都六十开外了,君臣彼此信赖合作也二十多年了。孙权已经被继位问题派系之争磨得很头疼。他这时执掌东吴已超过四十年,人掌权久了,多少都会变态的。顾雍刚逝世,此前已经习惯简靖静正的孙权,任用陆逊做宰相,且强调对他一切信赖如故,那真是权倾中外。大概意味着:现在我为继承人的事这么刺挠,还这样内外一切都交给你,你总该知道配合我了吧？但江东人陆逊性格里端正庄重的那一面发作了。他上疏，说得斩钉截铁："太子正统，宜有磐石之固，鲁王藩臣，当使宠秩有差，彼此得所，上下获安。谨叩头流血以闻。"陆逊上书三四次，孙权没太搭理。陆逊要求到建业去和孙权讲道理，孙权不听。太子太傅吾粲和陆逊多次通信，被处理了。大概孙权觉得：哟呵，你们还私下串联写信保太子是吧？此前的信赖之专，此后的疑忌之甚。

派系之争是大背景，是直接原因，骨子里是因为孙权和陆逊性格立场本就不同。陆逊是个纯正简肃颇有原则的江东人，孙权却是头热情开朗狡猾多变又亟需控制力的老虎。陆逊认为持正进谏、口辩道理、维持时序是他尽忠职守的本分，但大概当时的孙权已经被江东人派系之争给搞神经了，他要控制力，他给予无上的信赖，希望得到的回报是顺从与配合。终于，"权累遣中使责让逊，逊愤恚致卒，时年六十三。家无余财。"人都死了，但孙权不想认错。陆抗葬了陆逊后，孙权还派人去诘问陆抗。陆抗一条一条回答了，孙权才"意渐解"。你说你为难人家孩子干吗？无非继续向外界证明：我没错！

陆逊之后的宰相是步骘，他在二宫之争里，是支持鲁王的。又过几年，孙权流泪跟陆抗道歉，说已经把问讯陆逊的那些玩意都烧了。但就像他当初跟张昭对着哭完了，该干啥还干啥，孙权这里大概又发挥他的"意气相感"了：他的眼泪和他的情绪似的，来得快去得也快。罗贯中把历史上喜怒不形于色的刘备写成了哭包，其实孙权哭得可能还比较多些呢。

大概，孙权平时显得像个意气慷慨、幽默滑稽、仁爱好客、信赖属下、能哭能笑、喝酒打猎的可爱人，但在事关政局，涉及东吴与江东本地的问题时，他就会显出，这一切性格特征都是他掌握控制力的手段。老了老了，他觉得控制力似乎要受威胁了，便显出"性多嫌忌，果于杀戮"的一面。这份性格，让他可以在壮年之时信赖与他性格截然不同的陆逊，成就君臣佳话，也可以到最后，收这么个让人黯然的结局。

兄弟相残七步诗

煮豆燃豆萁，豆在釜中泣。

本是同根生，相煎何太急。

众所周知的七步诗，曹植写的，曹丕逼的。《世说新语》里，这诗是六句：

煮豆持作羹，漉菽以为汁。

萁在釜下燃，豆在釜中泣。

本自同根生，相煎何太急？

反正，都是曹丕把曹植逼到了这份上。而曹丕逼人，又不只是逼曹植了。曹丕还有个兄弟，勇猛彪悍手格猛兽的黄须儿曹彰。曹操逝世时，曹彰被召。《魏略》里提到曹彰和曹植的对答，曹彰对曹植说："先王召我者，欲立汝也。"曹植说："不可。不见袁氏兄弟乎！"——袁氏兄弟，就是袁绍那几个互相撕咬、终于成全了曹操的袁尚袁熙袁谭。袁熙老婆还成了曹丕老婆。

曹操死后三年半，曹彰到京城洛阳，死了。《世说新语》里说个段子，虽然大概率是虚构的，但也算种说法。卞太后曾对曹丕说："汝已杀我任城，勿复害我东阿。"任城就是曹彰，东阿就是曹植。则在传说中，曹彰就是曹丕弄死的。

曹丕的性格，往好了说，比较浪漫。比如建安七子之一、大才子王粲死了。曹丕带着一批文人去祭奠，在王粲墓前，曹丕说："仲宣平日最爱驴叫，我们一起学一次驴叫，让他入土为安吧！"于是王粲墓前，一片驴叫声。往不好了说，曹丕比较轻薄。曹操麾下有位叫王忠的，西北人。当时长安附近扰乱，王忠没粮食吃，饿极了，吃过人肉。曹丕知道了这事，就拿这事挑他，让手下人拿了坟墓里的骷髅，系在王忠马鞍上，当乐子哈哈大笑：看看，这就是你吃剩的人骨头！——外人看来，似乎也不那么好笑……

曹丕很会自夸，写文章念叨自己一日徒手获獐鹿九只、野兔三十只。而且他善于打蛇随棍上：别人一捧，他便起舞。

荀彧夸他善于左右开弓，曹丕不以为然：我还能骑射呢！奋威将军邓展和曹丕以甘蔗当剑比划，曹丕屡胜，于是得意了：邓将军应该捐弃所学，跟我从头做起嘛！至于其他弹棋、舞戟之类才艺，不消多提。吹嘘自己的才艺时，曹丕颇有点不择手段：自称六岁会骑马，十岁时随父亲征讨宛城，遭遇张绣之乱，曹丕仗着自己骑术精湛，逃出来啦！以此事来吹骑术，却似乎忘了自己兄长曹昂，都死在宛城了。

曹丕真忘了张绣杀兄么？也未必。话说张绣与贾诩，坑害了曹操的儿子曹昂、侄子曹安民、大将典韦，间接导致曹操和自家丁夫人分居，曹操至死都心里有个疙瘩，觉得自己葬送了曹昂，对不起丁夫人。但曹操到底是世之奸雄，拿得起放得下。后来曹操与袁绍对峙时，贾诩果断劝张绣归降曹操，就是判定曹操为了取信于天下，不会念及旧恶。果然曹操握着贾诩的手，说"使吾信重于天下者，子也"，倍加荣宠。平河北时，曹操诸将封侯都不到一千户，唯张绣二千户；贾诩太中大夫。可谓手段老辣，姿态端正。然而曹丕却没那么宽宏大量了。依《魏略》说法，曹操给张绣面子，曹丕却时不时敲打张绣：害了人家儿子，还到处露脸，也好意思！张绣压力很大，自尽了。是不是真的呢？不知道。至于曹丕那位著名的洛神夫人甄宓，是因为曹丕宠爱那位郭夫人，才予赐死。入殓时，甄宓"被发覆面，以糠塞口"。

荆州牧夏侯尚，算是曹丕登基后，南方的屏障。他与曹丕少年好友，虽然杜袭常说夏侯尚不是良友，曹丕依然对夏侯尚一门心思地好。甚至给了夏侯尚"作威作福、杀人活人"的权力，闹得蒋济都劝曹丕：这样的恩宠，太过啦。夏侯尚的夫人，是魏国宗室德阳乡主。夏侯尚另有宠幸的爱妾，冷落夫人。曹丕为宗室主持公道，派人去把夏侯尚的爱妾杀了——简直岂有此理。夏侯尚却是个情深之人，葬了爱妾后，神思恍惚，上坟挖墓，抱尸痛哭。这个悲剧的始作俑者曹丕听了，虽然难过，却追忆杜袭的话说：杜袭看不起夏侯尚，是有道理的！一年后，夏侯尚过世。曹丕也难过也流泪，却似乎没意识到，他的任性才是悲剧的主因。

反正围绕曹丕的传说，曹彰是不是他杀的，不知道；张绣是不是他逼死的，不知道；夏侯尚和甄宓的死是跟他有关的，逼曹植则是明明白白的。这大概就是一个天生贵公子的性情。才华横溢，名闻后世，所以难免任性吧？陈寿写《三国志》时，总得想法子给魏国说好话。所以他如此说曹丕：

文帝天资文藻，下笔成章，博闻强识，才艺兼该；若加之旷大之度，励以公平之诚，迈志存道，克广德心，则古之贤主，何远之有哉！

曹丕文章写得好，有学问，有才艺；如果有大度、够真诚、多讲点仁德，离古代的贤君也不远啦！这就是说话的艺术了。夸领导的话，要反着听。陈寿这是说：曹丕缺度量、不真诚、不仁不德，也就是文章写得好，有学问、有才艺而已。

说回贾诩。张绣与贾诩同归曹操。张绣过世偏早，贾诩活了七十七岁。贾诩是个老狐狸，很懂事。曹操问过他立嗣的事，贾诩不说话；曹操再问，贾诩说在想事儿呢，在想袁绍刘表父子的事。——袁绍和刘表都是废长立幼，搞得河北和荆州被曹操一锅端。曹操听懂了，于是立了曹丕。后来曹丕一得位，立刻封贾诩为太尉，《魏略》是所谓"文帝得诩之对太祖，故即位首登上司"。这事还被孙权嘲笑了。大概姿态的确不算好看吧。

话说回头：曹丕对曹植的逼迫，却也是那时的通例。曹植贾诩自己都清楚，袁绍刘表那都是继承人没处理好，一起垮了。我们最熟悉类似戏码了：历来各色夺嫡戏，演得轰轰烈烈，说来确也既残忍又刺激：兄弟父子，本该是血亲，在权力的异化下，翻脸不认人。再厉害的爹，到时都很烦恼。比如儿子没出息了，发愁啊，怕传给一个刘阿斗。儿子太有出息了，也头疼，天知道会不会来一出玄武门，好儿子还会把老爹困在船上。儿子年纪小，儿子他妈就得小心，汉武帝就杀了钩弋夫人。大臣不服儿子不行，得赶快把大臣贬到地方去。大臣和儿子太好了也不行，万一就合起伙来搞自己了呢？甚至还要考虑儿子的儿子，儿子的儿子的儿子……真麻烦。

当儿子的也很怕。自己没出息，爹会把自己换掉。自己太有出息，爹也可能觉得自己碍眼。自己跟大臣交往过密，爹会怀疑自己想抢班夺权。自己跟大臣不交往，又容易被大臣孤立。自己私下和大臣来往，那是坐实了要反。自己不沾兵，是不通兵事；沾了兵，那就不得了了。自己没臣属，是没人脉；有自己的班子，那是私下搞串联……真头疼。

但更头疼的，还是兄弟啊。有兄弟亲戚乍看挺好，毕竟自家人总比别人亲，但曹丕就逼得曹植不舒服。可要是没亲戚，怎么办呢？李治的几个儿子死的死贬的贬，李显一登基发现都没自己人，只好提拔岳父韦玄贞，回头被老娘武则天按住了。说来说去，皇室的兄弟本来不是坏事；但兄弟因为有血脉，所以就成了潜在继承人，这点事麻烦。

马其顿的亚历山大十九岁那年，他爹腓力二世跟他妈奥林匹亚丝离婚，另娶了马其顿豪门阿塔卢斯的侄女克里奥帕特拉。大婚之日，国舅爷阿塔卢斯太得意了，说："马其顿王室将会有一个合法的继承人。"——毕竟，假若克里奥帕特拉生个儿子，势必就成为马其顿未来的国王。一年之后，腓力二世被保镖保萨尼亚斯刺杀。亚里士多德认为保萨尼亚斯得罪了腓力的岳父阿塔卢斯，之后还有八卦的史学家推演出保萨尼亚斯跟腓力是场情杀。而查士丁以得利标准，认为奥林匹亚丝不能脱掉干系——甚至可能事关亚历山大。反正后来的事实是：腓力二世一死，亚历山大立刻通过减税赢得马其顿军队的效忠，再处死了国舅爷阿塔卢斯，放任老娘杀掉了后妈克里奥帕特拉和她的儿子。亚历山大再处死阿敏塔斯——就是他父亲的侄儿、父亲的前任马其顿国王——如此就处决了一切有可能跟他争夺继承权的人。

亚历山大之后的一位欧洲大人物，就是奥古斯都屋大维了。屋大维亲爹本是马其顿总督，老娘阿提娅是恺撒的侄女。恺撒养了屋大维，指定其为继承人。恺撒一死，屋大维大胆地拒绝了母亲的劝告，不放弃恺撒的继承权。他先不断强调自己是恺撒的正统继承人，甚至自称盖·朱利乌斯，省去屋大维，显得"咱才是恺撒真继承人"。妙在恺撒其实有个亲生儿子：他跟埃及艳后克里奥帕特拉，生了个恺撒里昂。屋大维借罗马与埃及的对立，轻易地使恺撒的这个儿子也成了敌人。此后亚克兴海战后，屋大维一路打到埃及，安东尼和克里奥帕特拉先后自尽。屋大维占领埃及后第一件事，就是杀死恺撒里昂——从此，他就是恺撒名正言顺且唯一的继承人了。

亚历山大和屋大维当然是不同的两个传奇，但在当了继承人后，他们的所作所为其实有共同处：拼命抢夺正统地位；给一切潜在继承人挂上反派的帽子，终于杀死一切潜在继承人；利用外部矛盾（亚历山大利用了波斯对希腊的压力，屋大维利用了布鲁图斯和安东尼的矛盾）巩固自身力量。

这种做法做到极端，世上有过一种奇怪的残忍法度。且说奥斯曼帝国有位穆拉德一世，1389 年被塞尔维亚刺客刺死了，死得突然。他儿子巴耶济德接位后，第一件事便是绞死弟弟雅库布。这位巴耶济德一世后来在安卡拉会战中，输给了帖木儿。四个儿子内耗起来，其中穆罕默德一世把兄弟们解决了，自己得了位。这位穆罕默德一世自己中风死后，身边亲近大臣怕天下大乱，于是瞒了外界四十天。等他的继承人穆拉德二世从小亚细亚赶到，接了位。他有个弟弟穆斯塔法，怕被杀，声明放弃继承权，跑路去了科尼亚。然而穆拉德二世还是派人追去，把弟弟绞死了算。这位穆拉德二世有个怪癖好，没事就爱传位给儿子，又屡次在战乱时出手，替儿子解决问题。他自己在 1451 年逝世，那位儿子穆罕默德二世真接位了，第一件事就是溺死他一个襁褓中的兄弟，第二个行动是杀死他派出的这个杀手来灭口，第三个行动是把这个孩子的母亲——他父亲的妃子——嫁给一个奴隶。从那之后，奥斯曼帝国的习惯法便是：继位者，杀兄弟。这样就没人争了。

看上去残忍但有效？讽刺的是，这招久了，也不太灵。1595年穆罕默德三世登基，一口气杀了十九个兄弟。但九年后他去世时，只剩了两个年纪幼小的儿子，而且身体都不算好。如果一个登基杀了另一个，没来得及有儿子就病死，那血脉就断了。所以继承人艾哈迈德一世只好把弟弟软禁起来。这软禁算对了：十四年后，艾哈迈德一世逝世，没儿子，他这个软禁的弟弟接位，可惜之前过的全是囚禁生活，啥都不懂，于是朝政被权臣左右了。于是大权旁落了。我觉得，这就是历史的讽刺了吧？

说回曹丕。曹操死后曹丕接位，曹彰曾去质问曹操印玺何在，被贾逵回绝了。所以曹丕稳固大位，贾逵实在有大功。曹丕一定想：贾家真好，把我潜在的敌人都给对付了。后来贾逵的儿子贾充，辅佐司马昭，把曹家给一锅端了。即：贾逵帮曹丕劝退了弟弟，贾逵的儿子贾充下令杀了曹丕的孙子曹髦。当然曹丕也不要急着难过：贾家不止坑害曹家，回头还要坑害司马家呢……

大概，一切试图阻止大权旁落的残忍手段，到了最后，还是会导致权力的旁落。世上并没有不灭的权力，就像没有不落的太阳。不管杀得多么残忍，逼得多么凶烈。

第四乐章　笑谈

蜀汉的英雄气

三国魏蜀吴，加上最终胜利者晋，蜀汉既非胜利者，又最狭小，且灭亡最早，为什么在民间人望那么高？

哪位会说：《三国演义》嘛。的确，《三国演义》一百二十回，前三十来回塑造了曹操统一北方，之后近八十回就在描述刘备与诸葛亮立业到诸葛亮五丈原这二十七年的事，之后的四十几年基本一笔带过，主角还是蜀汉的姜维。但为什么罗贯中选了蜀汉，而非曹魏或孙吴或司马家为主角呢？只因《三国演义》之前有《全相三国志平话》，就是蜀汉为主角了。

平话之前，蜀汉在民间的声望已经很高。宋朝苏轼《东坡志林》里写：

王彭尝云："涂巷中小儿薄劣，其家所厌苦，辄与钱，令聚坐听说古话。至说三国事，闻刘玄德败，颦蹙有出涕者；闻曹操败，即喜唱快。以是知君子小人之泽，百世不斩。"

让小孩去听说书，小孩听见刘备败了就哭，听见曹操输了就乐。苏轼感叹：君子小人之泽，百世不斩。普通百姓的道德观就这么朴素与直白。蜀汉不是最后的胜者，但百姓心里有杆秤。

当日三国归晋，成王败寇。蜀汉已经亡了。司马家算是得自曹魏，是胜利者。但陈寿还是小心翼翼地，在《三国志》里称刘备为先主，说他有汉高刘邦之风，英雄之器。西晋的张辅，已经公然提出：大家都说曹操处有中土，是压倒了刘备，他却觉得刘备胜出。理由是：曹操"忌克，安忍无亲"，所以董昭和贾诩都只能装傻，荀彧和杨修等都被害死，"行兵三十余年，无不亲征，功臣谋士曾无列土之封，仁爱不加亲戚，惠泽不流百姓"。所以曹操不如刘备"威而有恩，勇而有义，宽弘而大略"。诸葛亮达治知变，王佐之才，关张都是人杰。如果让刘备据有中原，那将和周朝比肩啊！

本来如果西晋统治长久一点还好，然而西晋迅速大乱后，没了成王败寇的光环，大家都嘲讽开了。当时大枭雄石勒——他逝世之日，离诸葛亮去世差不多百年——就公开嘲讽曹操与司马家得天下，是欺负孤儿寡妇。司马家的东晋朝，学者习凿齿写了《汉晋春秋》，以蜀汉为正统，认为曹魏是篡逆。

大概，当时的大人物，有他们自己的利弊与选择，可以不择手段文过饰非。普通百姓，千年以下，依然秉持朴素的道德观：这哥们儿能打，这哥们儿人好。蜀汉地方小，但能打人又好，了不起。

普通人基本都热爱骁勇善战、万夫莫敌的诸位。就不说蜀汉了，曹魏那边，张辽人气远高过于禁，典韦许褚的讨论话题远多过韩浩史涣。吕布这么个战绩破落户，就靠着便弓马有膂力号称飞将，有一拨拥趸。类似的，论战绩李靖、徐世绩远迈其他唐将，但民间声望上秦琼尉迟恭高得惊人，甚至比战绩胜过他俩的侯君集还高。《权力的游戏》里泰温公爵有句话：有些战争是靠剑赢的，有些战争则靠渡鸦与书信。这是他的政治家视角，普通人还是觉得剑比较帅气。所以，蜀汉虽然记载疏略，但关张万人之敌，黄忠勇毅冠三军，马超自负多力，赵云强挚壮猛，这些多招人爱啊！比起张郃巧变、于禁治军之类，显然还是万军斩将更酷嘛!

再说人好。刘备手下泰半不是上流社会出身:关羽是山西亡命徒,张飞赵云是河北豪客,马超是西北流亡诸侯,黄忠是老兵,魏延是行伍提拔,法正是逃亡到蜀中的关西人,姜维是边地官员之子,诸葛亮祖上阔过,自己躬耕。刘备自己则是老兵油子,四十七岁之前到处打工当游侠,帮孔融,帮陶谦,帮曹操,帮刘表,处处碰壁,但陈寿说他"折而不挠"。他跟诸葛亮一遇,风虎云龙。与关张之情,至死不渝。对手下诸将,信赖有加,提拔起人来凶猛之极:魏延汉中太守,一军皆惊;黄忠老兵让关羽不满,后将军。有人造谣赵云投降,刘备拿起手戟就揍:不可能!黄权真的投降了,刘备叹口气:他也是不得已,我要好好对他的家庭。整个势力带着平民游侠气,君臣相得,很是务实。

刘备为了报关羽之仇,出征败死;桃园结义是罗贯中编的,但结合前因后果,说刘备对得起关张,那是没错的。再后来白帝托孤,"君可自取",君臣之至公,古今之盛轨。终于诸葛亮鞠躬尽瘁,星落五丈原。三十年后,姜维至死还追求幽而复明。臣对君讲义气,君对臣讲义气,大家都是百折不挠地讲义气。这种人员构成取得大成功是不可能的,但多么动人啊。

至于功业成不成,又得说到普通大众的朴素爱好了。

中国历来通俗评话，并不以成败论英雄，大家甚至很佩服失意好汉。论功业战绩，韩白、卫霍、英卫，那都是旷代功名，厉害得很。但民间拜的，是英年早逝被冤杀的岳飞，是义气千秋的关羽。评书里会念叨正史上并没那么了不起的杨家将，只因杨业确实殉国了；会念叨正史上没啥了不起的单雄信，只因他讲义气，又确实死得憋屈又壮烈。于谦于少保被人尊敬，与他的人格与结局也有关吧？

黄仁宇先生在《中国大历史》开头说："我写的历史是从技术的角度看历史，不是从道德的角度检讨历史。"但他之后提到关羽败亡时，还是说："可是千百年之后关公仍被中国人奉为战神，民间崇拜的不是他的指挥若定，而是他的道德力量。"他也提了曹操，也说清楚了以曹操的功业为什么后世名声不好："中国古代因为技术上的困难，在管理千百万生灵的时候不得不假借遗传的帝统，代表社会价值的总和，有它的道理。曹操口中所说、手下所做都像马基雅弗利，怪不得他要承受千古的唾骂了。"

大人物或多或少都有点曹操气，觉得只要做成大事，不妨不惜代价。但凡自己是大人物，或者把自己幻想成大人物，或者从大人物角度去看，就会相对轻视道德的力量。但作为普通人，没那么功利，没那么不择手段，就会觉得蜀汉的仁厚侠气真有味儿：能打！能处！

得失功业是一时的事："是非成败转头空，青山依旧在，几度夕阳红。"是非大家自己心里明白："白发渔樵江渚上，古今多少事，都付笑谈中。"

成王败寇时节，大家总要给赢家锦上添花，给输家落井下石。当兴亡如风烟过耳，可以古今多少事都付笑谈中时，大家还是喜欢坚韧的、智慧的、勇武的、正直的、君臣交心光明无私、鞠躬尽瘁死而后已的故事。

《三国演义》的伏笔

　　罗贯中写《三国演义》，自有其不可及处。其中一个妙处，便是擅长给人物登场安排情节，塑造一个立竿见影的形象。比如董卓初登场，是打败仗被刘关张救了，却以他们是白身为由，不加致礼，气得张飞想杀他。这就让站在刘关张角度的读者一下记住了：董卓不是好人。比如诸葛亮登场，先安排一个博望坡军师初用兵，这一场既让关张一起服了诸葛亮，也昭示了整部小说里诸葛亮屡试不爽的套路：诈败、间道、伏兵、火烧。将来的曹仁、兀突骨和张郃们，都要吃这招。

　　罗贯中衬托人最简单的法子，是临时安排几个炮灰做垫底。比如关张乍一登场，先让程远志等几个匪类做了刀下鬼。也有靠成名武将做陪衬的，比如官渡初战，罗贯中就安排张辽许褚去战张郃高览，打得不分胜负，这才显得后来张郃高览投降曹操意重大，足以让袁绍崩溃。妙在高览后来在汝南，还被安排死在赵云枪下，这就衬托了赵云。

由高览这个例子，还可以说出去。还有一种捧法，是所谓一山还有一山高，踩着阶梯往上爬。比如许褚出场，打平了猛将典韦，大家都知道许褚厉害了；后来许褚战平高览，大家觉得高览也挺厉害；等赵云杀了高览，读者自然都大惊：赵云厉害啊！又比如张郃出场，平了张辽；后来潼关一战，张郃被马超几下就打败了，读者也大惊：马超厉害啊！

这种连环捧法很有意思，就是比较费炮灰。像华雄出场，把俞涉潘凤都给斩了，诸侯束手无策。关羽出马，以马弓手身份，在袁术不满、曹操鼓励、袁绍迟疑之下，温酒斩华雄归来，成为传世经典。华雄固然是关羽的炮灰，下面还垫了俞涉潘凤呢。同理，后面虎牢关三英战吕布，吕布先对付了方悦、穆顺和武安国，打飞了公孙瓒，简直所向无敌。张飞与吕布战五十合不分胜负，然后关羽与刘备一起上。这段其实略失关羽光彩，但没关系，之前斩华雄捧过关羽了，这段是张飞和吕布的故事。惨的就是方悦、穆顺和武安国这些炮灰啦。

诸葛亮第一次北伐，罗贯中先安排赵云年登七十斩五将，把韩德父子给收了。本来赵云斩将无数，众所周知，没必要专门排这么场虚构戏了呀？为什么呢？好提醒大家赵云勇武不减当年嘛。下一场，立刻就安排姜维登场，"老将军可认得天水姜伯约！"单挑赵云，不分胜负。赵云甚至大惊："谁想此处有这般人物！"读者立刻记住了：姜维厉害啊！对标赵云呢！后来姜维北伐，遇到一个自称邓将军的，大战良久，颇难取胜；于是行诈败计，夺了对方的兵器，看着要险胜时，邓将军跑路回去了；他爸爸出来了："姜维匹夫，勿赶吾儿！邓艾在此！"于是姜维大惊：原来小将乃邓艾之子邓忠也。这就是借姜维之目，一笔写出了邓艾邓忠两个棘手人物。儿子如此，父亲之厉害可想而知。这里就是借姜维捧了一下邓艾。

还有一种写法，我觉得是《三国演义》最好玩的地方。比如赵云汝南跟了刘备后，斗许褚刺高览不提，但其实他初出场是在界桥之战，罗贯中安排他大战文丑。比如马超大战曹操，逼得曹操割须弃袍，是小说第五十八回了，其实他第十回就出场过一次，而且有仔细画脸："只见一位少年将军，面如冠玉，眼若流星，虎体猿臂，彪腹狼腰；手执长枪，坐骑骏马，从阵中飞出。原来那将即马腾之子马超，字孟起，年方十七岁，英勇无敌。"然后立刻斩了李蒙王方。

见缝插针，提前露脸。本来不是你唱主角的戏份，先惊鸿一瞥出来亮个相，让大家提早熟悉一下。这手法罗贯中用得很多。比如魏延实际登场，是在长沙救黄忠归降刘备，但之前刘备携民渡江前，他在襄阳已经号召刘备入城了，还战过文聘。大家就有印象了，这家伙厉害，而且是刘备这一边的！

比如邓艾大战姜维，是小说第一百十一回了，但前一回司马昭大战淮南时，描写文鸯所向无敌，却有这么一段："鸯纵马看时，只见一军行如猛风，为首一将，乃邓艾也，跃马横刀，大呼曰：'反贼休走。'鸯大怒，挺枪迎之。战有五十合，不分胜败。"这是邓艾的初出场，与文鸯能打五十合不分胜负，让大家有了印象，之后才出现他和姜维对决，也就合情合理了。

比如庞德大战关羽，威风凛凛。其实此前庞德随马超渭水战曹操，已经出过了风头，后来战汉中时曹操安排车轮战收服庞德，也彰显了庞德勇武；甚至魏延在汉中一箭射了曹操的牙齿，还安排庞德出来战退了魏延。

这些戏码，都是为了后来庞德抬棺战关羽，烘托气氛，营造悬念。这类"预登场"，当然不只是单挑。周瑜过世后，东吴的战争戏份就是吕蒙为首，甘宁和凌统这对冤家彼此闹了。之前周瑜取南郡战曹仁时，甘宁被围彝陵，大家商议去救，出来这么个难题。周瑜迟疑："此地正当冲要之处，若分兵去救，倘曹仁引兵来袭，奈何？"这时此前不太说话的吕蒙劝了："甘兴霸乃江东大将，岂可不救？"周瑜迟疑："吾欲自往救之；但留何人在此，代当吾任？"我亲自去救，谁守这里？吕蒙推荐凌统，话说得斩钉截铁："留凌公绩当之。蒙为前驱，都督断后；不须十日，必奏凯歌。"周瑜于是问凌统，凌统慨然说："若十日为期，可当之；十日之外，不胜其任矣。"妙在去彝陵时，吕蒙又劝周瑜："彝陵南僻小路，取南郡极便。可差五百军去砍倒树木，以断其路。彼军若败，必走此路；马不能行，必弃马而走，吾可得其马也。"以周瑜雄姿英发，怎么会在这种事上迟疑？这段无非是用来描述吕蒙的智谋、凌统的果敢，让他们出个场罢了。当然细想一下，也许还有凌统的心气：我才不去救（杀父仇人）甘宁呢！

这方面，我觉得最精彩的一小处：众所周知，赤壁之战东吴方的主场戏归周瑜和黄盖。周瑜戏份向来丰足，不提。黄盖呢？之前东吴诸将找周瑜主战，让他劝孙权抗曹，有很出挑的一幕。周瑜问："将军等所见皆同否？"黄盖忿然而起，以手拍额："吾头可断，誓不降曹！"然后诸将一起说："吾等皆不愿降！"这里已经提前让黄盖亮眼了一下，与诸将不同了。更前一回，诸葛亮舌战群儒末尾，东吴群儒正狼狈时，有这么一段：

忽一人自外而入，厉声言曰："孔明乃当世奇才，君等以唇舌相难，非敬客之礼也。曹操大军临境，不思退敌之策，乃徒斗口耶！"众视其人，乃零陵人，姓黄，名盖，字公覆，现为东吴粮官。当时黄盖谓孔明曰："愚闻多言获利，不如默而无言。何不将金石之论为我主言之，乃与众人辩论也？"

这段戏份，安排得精彩绝伦。此前东吴群儒絮絮叨叨，跟诸葛亮掰扯，看得人都烦；这里黄盖冲进来，先夸孔明，再强调大形势，责备群儒"乃徒斗口耶"，正是读者心声。妙在之后，黄盖立刻跟诸葛亮一副自己人的样子：干嘛不把好话去跟我们主公说，跟这些人说个屁？读者立刻就把黄盖当自己人了。而东吴群儒，除了被诸葛亮骂一顿之外，还被黄盖鄙视了，真是彻底的炮灰。

因为提前让黄盖如此鲜明的形象出场过了，所以再过三回，黄盖找周瑜献诈降计，读者不会觉得突兀、陌生或怀疑，只会欣然：哎，果然是个靠谱的人！

演义与正史反差最大的角色

《三国演义》和正史有许多不同，以至于许多我们熟知的小说形象和历史有了偏差。而偏差，还可以分许多方向。

有些反差是方向正确，但夸过了。常见于蜀汉一方。比如正史里赵云和黄忠一起"强挚壮猛，并作爪牙"，被比作夏侯婴和灌婴（夏侯婴救过刘邦的孩子，赵云救阿斗），列传里编次"关张马黄赵"；小说里赵云直接变成无情的单挑魔王，七进七出杀曹营名将五十余员，年登七十还斩五将，五虎上将排名也硬生生变成"关张赵马黄"。类似的，马超刺死李通，张飞刺死纪灵，都是罗贯中送蜀汉的人头。历史上关羽斩颜良是传奇事迹，但罗贯中嫌不够，温酒斩华雄、诛文丑、五关六将一大堆。

有些反差是想夸，但方向偏了。比如正史明说刘备喜怒不形于色，寡言少语，小说为了塑造他的仁德，让他经常哭，而且话还挺多。比如"抚百姓，示仪轨，约官职，从权制，开诚心，布公道"的贤相诸葛亮，被描述成奇门遁甲借东风、七星灯续命、能行缩地法、动不动一堆锦囊妙计的半妖半仙。

有些反差是为了反衬曹操是个大反派，于是美化他的对手。比如陈宫在正史上就是加入曹操、背叛曹操、跟了吕布然后完蛋的一个乱世人物，荀攸明说他"有智而迟"。但小说描写陈宫捉放曹操，听了"宁教我负天下人，休教天下人负我"，于是不跟曹操了，忽然显得人还刚直了许多。比如董承虽然是国舅，也不是啥好人，正史写他威胁抢过伏皇后的布匹，还疑似和袁术有过瓜葛。小说为了描述灭曹的正当性，让他成了忠臣义士。

有些反差是为了反衬蜀汉好，结果形象扭转了。比如历史上性情恢弘大度，都说跟他交往如饮醇酒的周瑜，为了衬托诸葛亮，显得心胸窄了很多。甚至自己搞了得意的计谋，还让鲁肃去打听诸葛亮知道不知道。历史上鲁肃性格极为豪迈壮烈，年轻时舍得给周瑜一半粮食，一跟孙权就是榻上策搞割据。单刀赴会，他见关羽时，辞色严厉，相当帅气；小说里搞得单刀会全是关羽一个人的大场面了。

有些反差是因为戏份被罗贯中转移切割了，这方面最大的受害者应该是荀攸。本来荀彧算曹操半个合伙人，经常留守；荀攸则是曹操的谋主，堪称曹操事实上的首席谋士，曹操也将荀攸与张良作比较："昔高祖使张子房自择邑三万户，今孤亦欲君自择所封焉。"可惜，历史上荀攸劝曹操别打张绣，免得张绣和刘表勾结，曹操不听，事后如荀攸所料，曹操跟荀攸道歉了，这个小说里基本忽略。比如水淹下邳，明明是荀攸与郭嘉主谋，到小说里就变成荀彧和郭嘉主谋了。比如是荀攸画策突袭白马，斩了颜良，这功劳在小说里被关羽包揽。比如斩文丑时，荀攸和曹操著名的心有灵犀，这个也被关羽的荣耀遮盖了。比如许攸来投，诸将怀疑，只有贾诩和荀攸劝曹操去袭乌巢；之后张郃投降，曹洪不肯收纳，只有荀攸判断可以收纳，这些全被罗贯中屏除了。结果导致曹家前期谋主荀攸，在小说里光彩被他叔叔荀彧和郭嘉压没了。

有些反差则是为了夸刘备，以至于罔顾事实。读小说的大家都记得，孙尚香一开始跟刘备挺好，后来忽然被周善一撺掇，就抱着阿斗回家了，才有赵子龙截江夺阿斗。孙尚香怎么反差这么大？因为正史上孙夫人本来也没和刘备多琴瑟和谐。本来孙夫人才捷刚猛，跟她哥哥们相似，百来个侍婢都带刀，刘备时常胆战心惊，以至于诸葛亮说："主公之在公安也，北畏曹公之强，东惮孙权之逼，近则惧孙夫人生变于肘腋之下。"一个女子，能和曹操孙权相比，刘备娶孙夫人真也是娶得辛苦，得亏送走了。小说里呢，先编得她和刘备夫妻和谐，导致后来她忽然掉头而去显得格外突兀。

由于刘备这边是正派的，所以跟他的人也不能是反派，于是连带马超的形象也变了。正史里，马超他爸爸马腾在曹操地界住着，马超自己伙同韩遂们谋反，不管爸爸了，这才有潼关之战。小说里改了，变成曹操诱杀马腾，马超为父报仇。于是一个不管爹的马超，变成了为父报仇的孝马超。正史里马超曾试图突袭曹操，被许褚瞪眼，于是不敢冒险了，所谓"曹公与遂、超单马会语，超负其多力，阴欲突前捉曹公，曹公左右将许褚瞋目盼之，超乃不敢动"。罗贯中大概觉得这事有损马超英武，小说里改了，还让马超和许褚大战一场，让许褚中了两箭才罢。

我想来想去，最大的反差大概是张郃吧。别人是增减戏份、加以改编，张郃是整个人格都扭曲了。正史里，张郃是个以巧变著称的将军。比如官渡之战发现局势不对，立刻倒向曹操。比如诸葛亮第二次北伐时围陈仓，魏明帝要张郃去打，他一算就说诸葛亮这次会粮尽退兵，被他算中了。毕竟张郃从军的年份从180年代一直到231年，几乎长达半个世纪，老奸巨猾，谨慎小心。小说却将他描述成一个猛将，而且有点莽撞，甚至连死因都改了。

正史诸葛亮第四次北伐退兵，张郃觉得有伏兵，不能追，司马懿要他追，张郃膝盖中了一箭，死了。毕竟打了快半个世纪的仗，年纪大了，膝盖中箭很难治吧。小说里诸葛亮退兵，司马懿说不能追，张郃执意要追，一路追着被魏延和关兴骗进陷阱里，射死了。一个巧变谨慎、比司马懿还拎得清的老将军，就为了衬托司马懿配得上做诸葛亮的对手，变成了个自寻死路的莽夫。

这里有个隐藏角度：《三国演义》为了衬托司马懿显得够资格与诸葛亮做对手，其实是暗暗捧了司马懿一下的，还给他加了许多不属于他的战绩光环，比如取街亭。正史里司马懿对曹魏的功劳远小过演义的描述，其能夺曹爽之权，重点也不在于能忍，而在于翻脸比翻书还快。某种程度上，司马懿的小说形象已经算是沾了诸葛亮最后对手与三国时代最后胜利者的光，给提升了一点。至于偏次要的角色张郃，那就只好作为牺牲品咯。毕竟大家习惯了成王败寇，有时连反派都能获得一点多余的润色呢。

曹操梦中杀过人吗？

　　《三国演义》里有个故事。曹操生怕有人害他，遂吓唬身边人："吾梦中好杀人，凡吾睡着，汝等切勿近前！"真有近侍傻乎乎，看曹操白天睡觉，被子掉地上了，便去替他捡了来盖，被曹操起身杀了。曹操杀完人接着睡，醒过来还故作诧异：谁杀了我的近侍？

　　这个故事大概想形容曹操的奸诈与残忍吧。但曹操真的梦中杀过人吗？还是《三国演义》又编故事嘲讽他呢？

　　《三国志·武帝纪》注引《曹瞒传》，倒是说过另一个曹操睡觉故事。曹操大白天枕着一个宠爱的姬妾睡觉，跟姬妾说：一会儿叫醒我。姬妾看曹操睡得踏实，没及时叫醒他。曹操醒了，一看时间过了，就把姬妾棒杀了。

正史上的曹操和小说里的曹操，故事不太一样。都是白天睡觉，但小说里，谁接近谁死；正史里，没叫醒就杀。前者奸诈多疑，后者残酷果决。所以，说曹操梦中杀人，是冤枉了他吗？他真做得出这种事吗？

话说曹操的做派。曹操有过著名的《求贤令》，里头有段话说："今天下得无有被褐怀玉而钓于渭滨者乎？又得无有盗嫂受金而未遇无知者乎？"世上难道没有身怀才略但品德不佳于是怀才不遇的人吗？所谓盗嫂受金，指的是西汉初年名臣陈平，他被传过跟嫂子的绯闻，据说也侵吞过钱财，所以名声不佳，但刘邦还是把陈平用成了丞相。曹操之意极明白：持身中正但没啥才干的儒生，他不在乎；无德却有才的人物，他也能用。毕竟曹操很早就被许劭预言，是"治世之能臣，乱世之奸雄"。

曹操自己当然知道乱世的要务所在，所以他在《以高柔为理曹掾令》里说："治定之化，以礼为首；拨乱之政，以刑为先。"太平世道，要讲儒守礼；拨乱反正，就要讲刑了。故此曹操做人做事也是极现实，极重刑赏。比如他曾很中意麾下的魏钟，结果魏钟反了，曹操大怒，发誓说不走到天南地北的绝地，非追杀魏钟到底不可。等真捉住了，却又叹口气，因为他的才华啊，放了魏钟。至于杀了他长子曹昂和爱侄曹安民的张绣，只因为在关键时刻投向曹操，曹操也能不计前嫌，对他大加封赏。而那些曹操按法杀掉的人，有时曹操舍不得，垂泪嗟痛，表达了感伤，一回头，还是杀了。陈寿《三国志》总结曹操说，他所得的一切华丽靡费之物，都赏给功臣；对有功之人，他不吝千金；无功之人，分毫不给；四方进献的珍宝，与属下共享。该杀就杀，该赏就赏。杀得果决，赏得痛快。很现实。

曹操极推崇法家，其《陈损益表》所谓："昔韩非闵韩之削弱，不务富国强兵，用贤任能。"他很喜欢韩非，那韩非对刑赏又是什么风格呢？在《韩非子·二柄》里，韩非说得冷酷而直接：圣明的君主所用来控制他的臣下的工具，就是刑和德。杀戮就是刑，奖赏就是德。这不就是曹操的做派：哪怕流泪不舍，该杀还是杀；哪怕有私仇，该赏还是赏吗？曹操真是韩非的好学生。

同样这篇《二柄》里，韩非还说：明君蓄养臣下，臣下不能越职去立功，不能陈述不适当的意见。韩非举了例子：有一次，韩昭侯醉了睡着，负责冠的人怕韩昭侯冷，给他盖了件衣服；韩昭侯醒了心情不错，问左右：谁给我盖了衣服？左右回答：典冠。韩昭侯于是把负责衣服和负责冠的人——典衣与典冠——都治罪了。治罪典衣，是因为他失职；治罪典冠，是因为他越职，做了自己不该做的事。这不是和曹操那两个杀人故事一模一样？正史里曹操怪罪没叫醒自己的姬妾，杀了，是因为姬妾失职。小说里曹操怪罪擅自给自己盖被子的近侍，杀了，是因为近侍越职。前者是史实，后者未见史载，却很合乎曹操钟爱的韩非做派。

苏轼曾经虚构过一段皋陶与尧的典故，然后辩白说：按圣人做法，出这典故，也是意料中事。类似的，曹操梦中杀人是小说虚构的，但这段有功必赏有过必罚、无论越职还是失职都要罚的做派，既完美符合他的做派，也符合他韩非爱好者的形象。

所以不妨说：曹操梦中杀人未必是真的，却也是"意料中事耳"。是正史那个热爱韩非、果于刑赏的曹操，真做得出来的事。

历史上的贤相，小说里的半仙

正史上，诸葛亮是个贤相。他所做的事，陈寿在《三国志》里说了：

> 立法施度，整理戎旅，工械技巧，物究其极，科教严明，赏罚必信，无恶不惩，无善不显，至于吏不容奸，人怀自厉，道不拾遗，强不侵弱，风化肃然也。
>
> 抚百姓，示仪轨，约官职，从权制，开诚心，布公道。尽忠益时者虽仇必赏，犯法怠慢者虽亲必罚，服罪输情者虽重必释，游辞巧饰者虽轻必戮。善无微而不赏，恶无纤而不贬。庶事精练，物理其本，循名责实，虚伪不齿。终于邦域之内，咸畏而爱之，刑政

虽峻而无怨者，以其用心平而劝戒明也。

《三国演义》许多段子是《全相三国志平话》来的，面向的是通俗读者。以臣道行君事而不失礼，身为蜀汉实际统治者十余年而鞠躬尽瘁死而后已，这些在通俗小说里很难描写。像《三国演义》里的打仗经常简化成两阵对圆，武将出阵单挑，动不动诈败而走、伏兵突起、火计水淹。于是统率大军的名将无处发挥，倒是关张典许这样的猛将很出众；相应的，就把著名文臣都描写成了军师谋士，打个埋伏出个火计弄个离间之类。

既然诸葛亮归刘备后，文治武功无法在小说里体现，那就简化吧：于是《三国演义》就安排诸葛亮火烧博望、火烧新野、水淹白河，就让他草船借箭借东风，就让他三气周瑜赔了夫人又折兵，就让他智激黄忠妙算汉中，就让他火烧藤甲兵，就让他妆神割麦，甚至什么七星灯续命、安排马岱斩魏延……

正史：立法，整军，工械，科教，赏罚，吏治，抚民。

小说：谋算，预判，火烧，作法，气人，激将，锦囊。

这种"夸歪了"的小说套路，也很常见。比如历史上岳飞治军得当用兵如神，评书里就说他手舞一杆枪爱华山击败金兀术。比如历史上徐世绩善于用兵，评书里就说他是个能掐会算的牛鼻子老道。比如历史上秦琼明明是万军辟易的猛将，评书里就说他人缘好、卖马、闹花灯、上瓦岗、四骑奔唐。比如包拯只做过一年半的开封府尹，但大家就爱想象他每天审案断案，连绵不绝……将一个历史形象朝普通读者可以理解的通俗形象推演，是历来小说极常见的套路。诸葛亮作为军师智者的形象，在民间远胜过他的贤相形象，只能证明这种套路生命力有多强。

《三国演义》小说里，诸葛亮基本是从容大气料事如神，没啥烦恼可言，是个仿佛读过命运剧本的半仙儿。《三国志》正史上，诸葛亮却是个苦心孤诣、明知不可为而为之，终于鞠躬尽瘁死而后已的贤相。这两者其实是有点割裂的。

207年，刘备四十七岁，奔走半世，髀肉复生，为刘表部下。诸葛亮时年二十七岁，茅庐三顾，加入刘备。长期计划，为刘备规划隆中对。短期计划，拉拢刘琦，招募流民。两年后，刘备依靠刘琦与新招募的军队，诸葛亮亲自出使东吴促成孙刘联盟，击退曹操。依照诸葛亮的规划，刘备五十岁，得了荆州；五十四岁，得了西川；五十九岁，得了汉中；六十一岁称帝。诸葛亮为丞相，录尚书事，时年四十一岁。到此为止，年少有为。白帝托孤，刘备六十三岁，召来诸葛亮，明明白白地当着所有人下诏令说："君才十倍曹丕，必能安国，终定大事。若嗣子可辅，辅之；如其不才，君可自取。"还怕说得不清楚，写诏书给后主："汝与丞相从事，事之如父。"诸葛亮的回应是："臣敢竭股肱之力，效忠贞之节，继之以死！"举世皆知诸葛亮鞠躬尽瘁死而后已，然而他上《出师表》时已经四十七岁，距离过世只有七年。

年轻半仙诸葛亮，鞠躬尽瘁诸葛亮，怎么两全？

当年老三国电视剧刚出时，唐国强老师茅庐三顾出场，许多评论者都说，唐国强演得过于英武。后面舌战群儒，更有人猜测，唐国强是为了洗刷奶油小生的恶名，刻意要演得刚强些。其实不然，这演法正是其聪明处。诸葛亮不是一直老的。二十七岁，正是年少气盛；隆中一对，遂定天下三分。这种穿越一般的经历，当然意气飞扬。隆中对时指点江山，那也不用客气。舌战群儒关系孙刘联盟大局，诸葛亮自己又从来心存汉室，看到吴国群儒谋划投降，辞气慷慨，溢于言表，也很正常。一个二十七岁就比别人聪明一大截的年轻人，怎么能指望他跟老头子一样温吞呢？所以诸葛亮出场，看看什么叫逸群之才、英霸之器："身长八尺，面如冠玉，头戴纶巾，身披鹤氅，飘飘然有神仙之概。"之后隆中对时，从头到尾谈笑自若。至于著名的舌战群儒，咄咄逼人气场全出。出使被人围攻，大是大非的问题，当然就该是这么碾压的气场吧？然而十五年后，白帝城托孤，已是另一番样子了：四十三岁啦，危急存亡之秋啊，心情自然不同。

妙在后半部，诸葛亮拜表出征后，唐国强老师又是一个演法。刘备死之前，魏国已经这么说了：没了关羽，蜀汉无人了。所谓"蜀，小国耳，名将唯羽。羽死军破，国内忧惧，无缘复出。"刘备夷陵一败，更是精英丧尽。四年之间，刘备、关张马黄外加法正，开国诸将一时俱尽。所以王朗为首的魏国大官在刘禅登基那几年不断给诸葛亮写劝降信，让他举国称藩，老老实实降了吧。所以诸葛亮居然北伐，显然是逆天而行。写《出师表》时思虑幽深，却不是颓丧；骂王朗时义正辞严，却不是焦躁；上方谷时萧然惆怅，表情都没有，只一闭眼，一个嘴角，都在里面。《三国演义》小说里，诸葛亮临终前，最后巡视五丈原诸军，如是说："再不能临阵讨贼矣，悠悠苍天，曷此其极。"

如上所述，历史上的诸葛亮是以身荷国苦心孤诣事必躬亲持重平正鞠躬尽瘁死而后已的贤相。小说里的诸葛亮淡化了丞相的那一面，虚构了更多的伏兵放火神算借风的小技巧，于是更像个未卜先知的聪明半仙儿。大概，历史上的诸葛亮气质像《雍正王朝》里焦晃老师饰演的老去之后的康熙，小说里的诸葛亮更接近《康熙王朝》里陈道明无往而不利的康熙。

老三国电视剧是尽量周全到了诸葛亮年轻时运筹帷幄决胜千里的半仙儿那面，也照顾到了他年老时鞠躬尽瘁死而后已的贤相那面，而且难得地没有割裂。所以观众大概都有类似的情感：会喜欢前半部分那个谈笑自若的诸葛亮，对后半部分那个并不全知全能、但更加苍凉的诸葛亮，却是打心里敬佩。

最有意思的一点，小说里诸葛归天那段天愁地惨，悲伤之极，但之后就安排死诸葛吓走活司马，马岱计斩魏延。于是悲伤意味多少冲淡了，还颇有点喜剧色彩呢。但电视剧淡化了这份"死掉之后还这么厉害"的爽快感，吓走司马、斩完魏延那集，以诸葛亮墓为结尾。画外音，诸葛亮读了遗表：

> 今成都有桑八百株，薄田十五顷，子弟衣食，自有余饶。至于臣在外任，无别调度，随身衣食，悉仰于官，不别治生，以长尺寸。若臣死之日，不使内有余帛，外有赢财，以负陛下。

念完，本集结束，"暗淡了刀光剑影，远去了鼓角铮鸣"响起。这就是所谓的，电视剧尽力把小说里的诸葛亮朝历史上的形象稍微拽了拽。

诸葛亮是聪明，是半仙儿，是未卜先知筹谋早定。但他最珍贵最动人的，还是历史上的"鞠躬尽瘁，死而后已"。是浪漫的传奇小说，又回到了沉厚的正史。

三国时的美男子

论容貌，如果只露个大头照，曹操估计能占优势。毕竟孙盛写曹操："姿貌短小，而神明英发。"曹操特别宠爱曹冲，因为"容貌姿美，有殊于众，故特见宠异"。大概曹冲也跟曹操挺像的吧？类似的，程普容貌很不错，"有容貌计略，善于应对"，难怪他和周瑜并列左右督。我怀疑他和周瑜一度不睦，是不是在争夺东吴第一帅时输了？吕范长得好，家贫时他老婆也愿意跟他，说看他样子都不会穷。"少为县吏，有容观姿貌。邑人刘氏，家富女美，范求之。女母嫌，欲勿与，刘氏曰：观吕子衡宁当久贫者邪？"小说里安排他给刘备孙尚香当媒人，大概仪表也很养眼，很派得出去吧？袁尚"貌美"，公孙瓒"美姿貌"，等等不提了。

但如果放全身照，情况会为之一变。比如程昱的容貌，《三国志》只说他"美须髯"，那就是关羽太史慈水平吧，但是程昱"长八尺三寸"。太史慈也是美须髯，但身高只有七尺七寸，矮了程昱小半个头。类似的出挑人，就是八尺长人了。比如诸葛亮，高大伟岸："亮少有逸群之才，英霸之器，身长八尺，容貌甚伟，时人异焉。"比如马腾，高大健美，异域风情："腾为人长八尺余，身体洪大，面鼻雄异。"比如赵云："云身长八尺，姿颜雄伟。"曹操虽然神明英发，但亮全身照的话，就因为姿貌短小，会觉得"不足以雄远国"，吓不倒来使，要用"声姿高畅，眉目疏朗，须长四尺，甚有威重"的崔琰给自己当替身。身材很重要。

如果是真人秀出镜，还带才艺表演，那就又不一样了。周瑜孙策二位，立刻大出风头。孙策生得美，豁达开朗，阳光少年，爱说爱笑，万人迷。"策为人，美姿颜，好笑语，性阔达听受，善于用人，是以士民见者，莫不尽心，乐为致死。"周瑜身材容貌都好，"瑜长壮有姿貌"，谈吐应对不提，而且懂音律，才艺好。如果现场来个小游戏，请周瑜和司马懿一起到西城前听诸葛亮弹琴，判断诸葛亮有没有摆空城计，周瑜估计就力压司马懿了。

这个环节，诸葛亮依然会很出色。毕竟他除了高大伟岸，而且谈吐了得。诸葛亮出使东吴，孙权一见大喜。孙权有自己亲哥孙策，日常看着周瑜程普吕范这些美男子，张昭也是风范十足，还不提差不多同龄人的陆逊、身材雄壮的陆绩。见惯这么多人，孙权还被年龄相仿的诸葛亮迷住，诸葛亮的魅力可见。

这一环节当然还得有天下闻名的荀彧。《典略》曰："彧为人伟美。"高大，俊美。两个旁证：其一，曹操一见荀彧，说他是自己的张良。曹操夸人没边，看见张郃归来，就说是韩信归汉。但张良这个称谓，除了说智谋，怕还有别的意思。《史记》里太史公说，张良容貌如妇人好女。我很怀疑荀彧长得太美了，曹操才第一时间想起了张良。其二，祢衡骂遍曹家人，说到荀彧时，也只好说："文若可借面吊丧。"荀彧没啥，只能靠脸好看去吊丧。当祢衡骂荀彧这个司马懿所谓百十年来仅见的贤人时，都说"你只有脸好看"，那就是真好看得没法子了。人家连你的贤才都能抹杀，却抹杀不了你的美，那得多美？而荀彧的味道——他著名的熏香爱好——以及名门出身的修养姿态，那就不说了。

像诸葛亮、周瑜、荀彧这些说起话来上下齐心，到处都让人为之心折的，本身的仪态气质、身材个性、谈吐风范，一定是迷人的。古代的以貌取人可比如今厉害多了。

按这逻辑推论，我一直认为有个史书无载但事实上音容行止仪态身材都不错的：姜维。毕竟史书明说"时蜀官属皆天下英俊，无出维右"。这个英俊当然不特指容貌，但姜维整体的格调还是蜀汉第一。至于他的魅力，可以参考他人的反应。钟会自己是贵公子出身，见惯了何晏嵇康阮籍这些传奇美人，自己才华横溢年少有为，又挑剔又骄傲。但他以不到四十岁的年纪，看了花甲之年的姜维，一见心折。跟杜预说："以伯约比中土名士，公休、太初不能胜也。"钟会所举的夏侯玄和诸葛诞都是容貌不错的人，他自己跟姜维尚未深交，而欣赏如此。大概姜维才华之外，仪态风范都令人心折吧？

而姜维年轻时，一见诸葛亮，史书没提姜维仪态风度如何，但诸葛亮的反应很直接："亮见，大悦。"

三国四美人

黄月英本来不叫黄月英。

她叫什么，史书未载。只是沔南名士黄承彦，跑去对诸葛亮说："身有丑女，黄头黑色，而才堪相配。"——头发黄，肌肤黑，乍听很适合孙权；碧眼紫髯，夫妻搁一起，是块调色盘。诸葛亮挺高兴，娶了黄姑娘。乡下人嘴刻薄，说："莫作孔明择妇，正得阿承丑女。"

话说黄姑娘，大概确实不好看。黄承彦可能是自谦，乡下人民的眼睛却是雪亮的。但乡人看脸，诸葛择才，眼光那自然大大不同。妙在黄承彦家里，是跟刘表老婆蔡夫人攀得上关系的。蔡家在荆州，反客为主，一方豪族；诸葛亮本可以攀那一层关系，却还是跟了刘备。卧龙出渊，眼光自是不同凡响。

蔡文姬本来不叫蔡文姬。

蔡琰，字昭姬。因为晋时避讳司马昭的昭字，改了文姬。类似于恒山为了避讳刘恒，改叫常山；姮娥为了避讳刘恒，改了嫦娥。蔡文姬先嫁了卫仲道，丧夫后回家；后来被董卓部将掳走，又被匈奴左贤王刘豹抓去，生了俩孩子。十五年后，曹操重金将蔡琰赎回来，是所谓"文姬归汉"，将她许配了董祀。

蔡文姬的夫君有三位：卫仲道，刘豹，董祀。但与她故事最多的，是曹操。董祀犯罪，蔡文姬披发赤脚，隆冬季节去求曹操，曹操于是赦了董祀。看着没啥了不起，但若知道曹操持法严峻，酷虐变诈，想必当时左右都会交头接耳：魏王怎么为了这姑娘，改性子了？蔡文姬说她能背出家中遗失的藏书四百篇。听上去像不像黄蓉她娘？曹操大喜过望。《胡笳十八拍》则是历史流传的名篇，不提。

孙尚香应该也不叫孙尚香。《三国志》里只提到了孙夫人，没提名字。

刘备跟孙夫人正史那段感情，大概不算甜美。正史上，孙权嫁妹，但孙夫人身边没事侍婢百余人护卫，吓死人。又孙夫人容貌不确定，但性格刚强，有诸兄之风——孙策、孙权都爱亲自打猎射虎，孙坚也是个剽悍勇健的性格。诸葛亮后来说:"主公之在公安也,北畏曹公之强,东惮孙权之逼,近则惧孙夫人生变于肘腋之下。"——把孙操孙权列成一个档次了,端的是个母老虎!还不提她嫁了刘备两年后走掉,把阿斗都给抱走了。当然抱走阿斗这小畜生未必是坏事,但抱走刘备唯一继承人,这也挺坑的了。

甄宓很可能也不叫甄宓。

文昭甄皇后,正史不记名字,河北人。嫁了袁绍的次子袁熙。二十一岁那年,甄夫人在邺,被十八岁的曹丕收了。十六年后,曹丕称帝,去了洛阳,封了郭嬛做贵嫔,甄夫人留在邺,仍为夫人。甄夫人不高兴。曹丕赐死甄夫人,"被发覆面,以糠塞口"。当然曹丕一向轻薄臭流氓(此处王忠、张绣、夏侯尚、于禁们当然要一起点头了),但只做对了一件事,让甄宓的儿子曹叡当了太子。曹叡后来称帝,追封甄宓做文昭后。也算为母报仇。

这是最初的她们:一个丑但有才的黄夫人,一个流离苦命的才女,一个剽悍刚强的政治婚姻小公主,一个失宠死去被追封的皇后。而且,都没有正经名字流传下来。

黄月英所以叫黄月英,连《三国演义》书里都没提,应该是各色戏曲评书里的说法,像袁阔成先生的评书《三国演义》里已有了。其实《三国演义》里都没怎么提她。只是民间传闻,将诸葛亮各色神奇,多归到黄夫人身上。

什么羽毛扇是黄夫人相赠啦，什么木牛流马是黄夫人制造的呀。类似于给苏东坡安排个苏小妹，属于民间创造。

真正开始大肆拿她说事的，是民国时一本同人小说《反三国演义》。那本小说是季汉拥趸尤其是马超迷的福音，是魏吴两国爱好者的噩梦。其中黄夫人一折，很神奇：说她容貌端庄，一点都不丑，只是乱世为了避免被歹人觊觎，才如此自毁；说诸葛亮在前线所向无敌，没空回来，于是黄夫人坐个飞行器，直接去南蛮，召唤一道雷，把孟获们吓倒了，从此拜服，黄夫人一个法术，胜过诸葛亮七擒七纵——这大概是我所见最玄幻的一个黄夫人。

蔡文姬在《三国演义》里只出场一次，浮光掠影。说曹操路过她家庄上，跟杨修打了个哑谜。杨修当场解出，曹操过三十里路才琢磨出来。这是杨修继"一合酥"、"门上加活等于阔"之后，又一个让曹操嫉贤妒能的细节。但《三国演义》里不太写曹操的情感故事，所以蔡文姬也只是闲笔罢了。

相比而言，孙尚香扬名立万，全靠《三国演义》。一来罗贯中笔下，她有了名字，尚香；然后她有了戏份。《三国演义》既然尊汉扬刘，刘备娶亲这事自然要大肆渲染。本来简简单单的一个孙权"进妹固好"，嫁妹妹来巩固联盟，变成了周瑜美人计、诸葛亮将计就计、甘露寺吴国太看新郎、北固山孙权刘备联马谈笑、孙刘成亲、刘备出逃、孙夫人退追兵、二气周瑜，终于"周郎妙计安天下，赔了夫人又折兵"。罗贯中的虚构才华，到此巅峰。

孙夫人也显出刚柔并济的成色，不再是刘备家的母老虎，而成了刘备的护身符。最妙的一处，是这样的：当时吴将围上来，要杀刘备，孙夫人吼了，吴将们推脱是周瑜将令。孙夫人道："你们只怕周瑜，独不怕我；周瑜杀得尔等，我岂杀不得周瑜！"吴将们面面相觑："她与吴侯，一万年也是兄妹；日后翻过脸来，都是我等不是……"领导的亲戚，委屈的打工仔；如何做人，都在这里了。

为了美化孙夫人和刘备的感情，《三国演义》还去掉了诸葛亮那句"肘腋之间"，加了刘备死后，孙夫人跳江殉情的传说。可见人民骨子里还是乐意看好眷属，不爱看怨偶啊。

甄宓在《三国演义》里，也只出场一次。曹丕入邺，娶了她。曹操看了，说"真吾儿妇也"。这句话，意思深了去了。但之后，因为《洛神赋》的传奇，导致她忽然之间，成了三曹都喜欢的女人。

这是第二重的她们：经过小说和民间改编，一个才华横溢的女发明家，一个才女，一个有情有义的刘备夫人，一个名动天下的美人——还都有了名字。

2003 年光荣公司出了游戏《三国志 9》，黄月英与马云初次出现，黄月英设定得并不美丽，但数值惊人，特技也是偏法师一路。后来《真·三国无双》系列，更是将她放了进去。黑肤是不怎么体现的，黄发却代代如此，显得她格外异域风情，简直有精灵族架势。至于大发明家、神机妙算，还在诸葛亮之上。就差直接说她是三国鲁班啦！

蔡文姬在游戏《三国志10》是作为旁观解说出场的，之后也成了可操作武将。妙在另一款游戏《真·三国无双7》，还特意安排了她。大概魏势力没个女孩子跟曹操打对台戏，所以找了蔡文姬。《真·三国无双7》中，蔡文姬使一个箜篌，适合她才女的做派，简直随时要客串《孔雀东南飞》；跟曹操的感情，也算发乎情而止乎礼；游戏甚至有个外传关卡，是她出去晃荡了，魏国诸将急吼吼满世界找她，满脸都是"给主公把媳妇儿找回来"的架势。

光荣公司的《三国志9》开始，孙尚香是一个出色的弓兵将领，又有所谓弓腰姬的说法，一望而知是日本词。《真·三国无双》系列里，她是个玩呼啦圈的青春少女，活泼元气，明媚夺目，跟刘备谈恋爱的戏份也大大加强。谁还会在意刘备那两位甘苦十数年、带阿斗闯长坂坡的甘夫人和糜夫人呢？谁会在乎孙夫人历史上让刘备战战兢兢，估计都没啥夫妻生活的现实呢？东吴有个活泼热辣的萌妹子才重要嘛！

甄宓在正史里，与曹丕成了怨偶，却不妨碍人民后续的编排。《世说新语》里有句话，明说了曹操对她垂涎：

魏甄后惠而有色，先为袁熙妻，甚获宠。曹公之屠邺也，令疾召甄，左右白："五官中郎已将去。"公曰："今年破贼正为奴。"

说明如果曹丕没抢甄夫人，曹操那是一定要抢的了。

说一下这个宓字。曹植《洛神赋》原名《感鄄赋》，一般认为是曹植被封鄄城所作。但人民的浪漫主义精神发作，认为这其实是《感甄赋》，感的不是鄄城，而是甄夫人。又洛神名叫宓妃，既然洛神就是甄夫人，那就老实不客气，给甄夫人起名叫甄宓了吧！

游戏《真·三国无双》系列又搞鬼，因为甄夫人大曹丕三岁，于是设定她成了御姐。本来洛神是翩若惊鸿婉若游龙，硬生生多了御姐范儿，这又是民间再创作了。多说一句：跟曹丕抢甄夫人的那位郭女王，传说名叫郭嬛。甄嬛的典故，源出于此。但无论是甄宓还是郭嬛，都是民间传奇。就像孙尚香、黄月英的名字，那都是史书不载，人民乐意。

如今就是这个局面：黄月英，蔡文姬，孙尚香和甄宓。正史记载里，她们只有姓；演义评书让她们有了名字与故事。各种改编让她们有了传奇。自然，现在她们与历史形象固然相去万里，但那又如何？人民乐意嘛！

虚构的小乔

正史里没有小乔，只有小桥。《三国志·周瑜传》说：

> 顷之，策欲取荆州，以瑜为中护军，领江夏太守，从攻皖，拔之。时得桥公两女，皆国色也。策自纳大桥，瑜纳小桥。

《江表传》曰：

> 策从容戏瑜曰："桥公二女虽流离，得吾二人作婿，亦足为欢。"

孙策和周瑜攻皖，得到桥公两个女儿，且明说了是流离之中，孙策周瑜各分一个，故事结束。有人说桥公是袁术手下桥蕤，若如此，感觉不大妙。另有一说是桥玄，这个说法的微妙处是，能跟曹操套上关系。毕竟桥玄当年说曹操是命世之才，还把他引荐给许劭，说出了"治世之能臣，乱世之奸雄"的评语，曹操也给桥玄写过文章。如果桥公就是桥玄，那么曹操喜欢小乔听上去就顺理成章了。

总之，史书上周瑜和小乔（桥）就这么简单。小乔（桥）跟曹操也没啥瓜葛。但架不住诗人有想象力。杜牧写《赤壁》："折戟沉沙铁未销，自将磨洗认前朝。东风不与周郎便，铜雀春深锁二乔。"大概是第一次提到赤壁如果输了，二乔就要被曹操拐走了的设定。苏轼写《念奴娇》，也来凑一句："遥想公瑾当年，小乔初嫁了，雄姿英发，羽扇纶巾，谈笑间樯橹灰飞烟灭。"小乔、周瑜、赤壁，忽然就挂钩了。

诗人们的八卦创意，小说家当然要捡起来。《全相三国志平话》很八卦地说，周瑜因为贪图与小乔的欢乐，不肯来做元帅；诸葛亮去了，当着小乔怒斥周瑜。

孔明振威而喝曰："今曹操动军，远收江吴，非为皇叔之过也。尔须知曹操，长安建铜雀宫，拘刷天下美色妇人。今曹相取江吴，虏乔公二女，岂不辱元帅清名？"周瑜推衣而起，喝："夫人归后堂！我为大丈夫，岂受人辱！即见讨虏为帅，当杀曹公。"

被诸葛亮提了曹操抢二乔，周瑜不肯受辱，才去打赤壁。这里的剧情显得周瑜轻薄好色之人，不识大体。但这创意着实不错。《三国演义》许多是借了平话说法的，所以做了经典的修改。剧情众所周知：周瑜早存抗曹之心，但要试探大家的心志；诸葛亮也知此意，所以故意用"揽二乔于东南兮，乐朝夕之与共"，激得周瑜大怒，说出了心里话。

瑜曰："公有所不知。大乔是孙伯符将军主妇，小乔乃瑜之妻也。"孔明佯作惶恐之状，曰："亮实不知。失口乱言，死罪！死罪！"瑜曰："吾与老贼誓不两立！"孔明曰："事须三思，免致后悔。"瑜曰："吾承伯符寄托，安有屈身降操之理？适来所言，故相试耳。吾自离鄱阳湖，便有北伐之心，虽刀斧加头，不易其志也！望孔明助一臂之力，同破曹贼。"

这样子，显得周瑜又有城府，又有心机，又爱妻子，又忠孙策，人设就圆满得多了。妙在后面曹操横槊赋诗时，还补了一段，显得曹操的确垂涎小乔：

"吾今年五十四岁矣,如得江南,窃有所喜。昔日乔公与吾至契,吾知其二女皆有国色。后不料为孙策、周瑜所娶。吾今新构铜雀台于漳水之上,如得江南,当娶二乔,置之台上,以娱暮年,吾愿足矣!"

所以就是这样了:正史,小乔(桥)是皖城桥公的小女儿,嫁了周瑜,没下文了。诗人们把赤壁、周瑜、小乔一挂钩,小说家们就替周瑜、小乔和曹操串起了线。终于搞得曹操下江南是想江山美人一举两得。顺便为周瑜安排了乔国老这个老丈人,好促成刘备与孙夫人。真妙。

只有一点很遗憾。《三国演义》小说里,小乔几乎没登场,只出现在对白中。倒是周瑜的丈人乔国老戏份很多,有几段戏极其可爱。先是被刘备哄了,跑去跟吴国太报喜,等孙权揭露是周瑜的美人计时,乔国老就一力促成刘备孙夫人的婚事,真是个大好人。老三国电视剧里,乔国老去劝孙权,这美人计太龌龊了不能做,有句可爱极了的台词:"此事只怪周郎,来日见了,我必骂他!"一个在老丈人面前唯唯诺诺的大都督形象,一下子出来了。

老三国电视剧里特意加了小乔的戏份。先让她与周瑜琴瑟和谐,鲁肃还微笑:且先让贤伉俪相聚一刻。之后小乔还颇识大体地劝周瑜，哪怕不为了自己姐妹，也要为江东抗曹，真是大家风范。后来周瑜"既生瑜何生亮"了，卧龙吊孝时，小乔还非常大气地劝诸葛亮。这样的加戏，是老三国非常精妙的所在。小乔的角色，于是忽然活了。

小说家的嘴，骗人的鬼。能硬生生把史书里出现过一次的姑娘，跟曹操、赤壁、周瑜、江山美人挂钩。但因为诗人与小说家合力编排得当，编剧凑得好，何晴老师演得好，所以原本其实可能没啥存在感的小乔，就成传奇了。

每一代人自有自己心目中的小乔，对我而言，跑到曹操营帐里斟茶的小乔，有些太玄幻了。可能我心目中的小乔，还是何晴老师吧。

吃三国

《三国演义》这书，背景不是庙堂便是沙场，事关军国大计，缺乏日常生活，论不到什么吃喝。宴会不少，但多是宴无好宴，勾心斗角。也不会论个吃，最多喝个酒。

关羽温酒斩华雄一折，正史没有，纯属虚构。无非为了描述诸侯狗眼看人低，曹操慧眼识英雄，关羽武威惊天地，为日后关羽降汉不降曹做伏笔。妙在正史上华雄死在191年初春，那时河南天气还凉，出营斩将，马归辕门，其酒尚温，真是快。关羽这一口得胜酒喝得痛快，读者看得也爽啊！

后来张飞丢徐州，起因是催曹豹喝酒。这一段写来场景如画：张飞劝酒，曹豹不喝，张飞威逼，"我要你吃一盏"，曹豹勉强喝了；张飞再劝，曹豹真不能喝了，张飞说了句千古劝酒妙句："你恰才吃了，如今为何推却？"完全没有道理，听来却又难辞。可见中国式劝酒古已有之，不为尽兴，只为看他人受驱使，满足自己的控制欲罢了。

曹操与刘备青梅煮酒论英雄，指天画地，旁若无人，"天下英雄，唯使君与操耳"。故事很有名，煮酒的法子也有趣。曹操先跟刘备说了望梅止渴的段子，想象青梅熟透，已让人满口生津，何况青梅真的煮了酒呢？梅子本身并不能酿酒，东亚诸国都有米酒浸梅子，取其酸冽清爽、促进消化的用途。大概青梅煮酒不易腻，曹刘喝酒也就乘兴而起。如此看来，曹操小看天下英雄，倾吐胸中之志，多少也带酒意了。

这里题外话一句：正史上曹操确实懂酿酒。毕竟魏晋诗歌文章，离不开酒嘛。曹操故乡沛国谯有"九酝春酒"，曹操把这法子提给汉献帝：酒曲三十斤、流水五石，趁腊月二日渍曲，正月冻解，用好稻米，漉去曲滓来发酵，每三天将一斛酒饭投入曲液中，九斛米为止。曹操还提出改进法：如果觉得三十斤酒曲对付九斛米，出来的酒太苦了，就再加一次，这样出来的酒味不苦，甘甜些，不错。也难怪曹操"何以解忧，唯有杜康"，自己加工调制过的甜口酒，可不就喝得起劲么？这样的甜口酒再加青梅，酸甜适中，想起来就好喝。酒里有酒糟的酒，是为浊酒。《三国演义》开头《临江仙》"一壶浊酒喜相逢"，就是这意思。

袁术是《三国演义》里的大丑角。历史上本来也是叱咤一方的人物，可惜脑子一热称了帝，瞬间成为众矢之的。袁术土崩瓦解之余，忘不了锦衣玉食，临死问厨子要蜜水喝，厨子愤然回了句："止有血水，安得蜜水！"那会儿还没流行蔗糖，实际上中国人取甜，主要是从蜂蜜和麦芽糖里找。到宋朝，沈括还在《梦溪笔谈》中说："大业中，吴郡贡蜜蟹二千头……又何胤嗜糖蟹。大抵南人嗜咸，北人嗜甘，鱼蟹加糖蜜，盖便于北俗也。"我一听蜜蟹二字，只好感叹重口味真是没有底线，蟹都能蜜了，想象其味都满嘴发麻。苏轼是四川人，爱吃蜜豆腐。麦芽糖就是饴，东汉明帝驾崩，马皇后成了马太后，大臣疑心她要专权，太后就说，咱以后含饴弄孙——含着麦芽糖逗逗孙子，这就能过日子了。

历史上三国有方士左慈，擅长房中术。《三国演义》把他说成是个神仙中人，戏耍曹操。厨子端来鱼脍，左慈就说鱼脍非得松江鲈鱼才好吃，又说必须用紫芽姜才能烹，于是都变出来了。紫芽姜就是嫩生的姜芽，脆香，不比老姜老而弥辣，用来配鲈鱼脍，确实好吃。东汉时人也确有吃鱼脍的习惯，比如陈登这位令曹操和刘备都欣赏的湖海之士，就是吃鱼脍太多，得了寄生虫病。后来《世说新语》里，张翰见秋风起，想念吴中家乡的鲈鱼脍和莼菜羹，感叹人生应该要适意，怎能千里求名爵，于是辞职回去了。罗贯中借左慈说鲈鱼脍，未尝不是在提醒曹操功成身退、享受人生呢。

曹操与杨修的鸡肋典故天下皆知，鸡肋二字遂被永远定义：食之无肉，弃之有味。这其实还是爷们的审美。李碧华写《潮州巷》，说懂行的人最爱吃鹅颈：食髓知味。肉不多，但有味。后世爱吃鸭脖鹅掌之类的，其实都类似呢。杨修因为带人吃了曹操的酥，还跟曹操玩小聪明，"一合酥"拆字解读为"一人一口酥"，很妙。但这个故事只能发生在曹操麾下，酥是塞北酥酪，也只有统一北方的曹操才吃得到，江东孙权就没啥机会了。在古代缺乏乳制品的时代，酥算是难得的乳制甜品。后来野史传闻，唐玄宗跟杨贵妃调情，说她刚出浴的胸部是"软温新剥鸡头肉"，那是拿鸡头米这个江南甜品来比拟杨妃；安禄山凑趣，立刻连一句"滑腻初凝塞上酥"，刚凝结的酥酪，看来的确很美好。

诸葛亮七擒孟获，平了南蛮，班师回朝，鬼魂们拦着泸水不让走，非要拿四十九颗人头来祭，有点土匪路霸的意思。丞相上知天文下明地理，发明个木牛流马十矢连弩都是翻手之间，何况区区妖鬼？随便拿点面团中藏着牛羊猪肉，再写篇祭文，就把鬼们哄走。大概鬼们也比较现实：血淋淋一颗生人头哪有面里裹了肉馅好吃？此物就叫作馒头了。丞相真是流芳后世恩泽大众，发明个馒头都让我们开心。可是在我家乡吴语里，馒头与包子名字混用，包子和汤包也不加区别。

因此有人去菜市场吆喝一嗓子让他"带点馒头/包子回来"，结果时常牛头不对马嘴。后来大略共识如下：蓬松白软无馅的是馒头，蓬松发酵有馅的是包子，基本不发酵而皮薄有汤的是汤包。我家乡多小笼包，经常混叫作小笼馒头、小笼包子、小笼汤包之类，简称汤包。直到后来见识了浙江某些地方装满一盘子的汤包，才觉得世界之大，一时令我词穷。

诸葛亮发明了馒头，但自己吃得并不多。有个《晋书》与《三国演义》都有的情节：司马懿问使者诸葛亮吃多少，使者说一天三四升米，而且什么都管。司马懿很高兴："孔明食少事烦，其能久乎！"当时魏国给老人的口粮所谓"给廪日五升，五升不足食"，而诸葛亮一个身高一米八开外的山东大汉，一天吃的还不如一个老头多，还要事必躬亲地管事。这身体状况，可想而知。

这就不免说到诸葛亮出茅庐之前了。刘备二顾茅庐时，半路遇到一个酒肆，里头有诸葛亮两位好朋友拥炉赏雪，饮酒唱歌，好不快活。设若诸葛亮不出山，想必也是这样自在一世，"白发渔樵江渚上，惯看秋月春风"吧？他出山时，罗贯中写"只因先主丁宁后，星落秋风五丈原"，此后一去不回头，最终留下的财产也就是成都八百株桑、十五顷田，吃都没怎么吃好。真是"是非成败转头空，青山依旧在，几度夕阳红"。

尾　声
"黯淡了刀光剑影"

"黯淡了刀光剑影，远去了鼓角铮鸣。"

这歌词众所周知。老版《三国演义》电视剧的片尾曲，
《历史的天空》。片头曲是杨洪基老师雄伟浑厚的《滚滚长
江东逝水》，片尾曲要抒情萧然得多。

　　黯淡了刀光剑影

　　远去了鼓角铮鸣

　　眼前飞扬着一个个

　　鲜活的面容

　　湮没了黄尘古道

三国气度

荒芜了烽火边城

岁月啊你带不走

那一串串熟悉的姓名

兴亡谁人定啊

盛衰岂无凭啊

一页风云散啊

变幻了时空

聚散皆是缘啊

离合总关情啊

担当生前事啊

何计身后评

长江有意化作泪

长江有情起歌声

历史的天空闪烁几颗星

人间一股英雄气

在驰骋纵横

　　不论成败得失，凭吊逝去英雄。毛阿敏来唱，是大英雄史诗背景下，一份抒情与婉约。作词是王健老师，老三国的配曲歌词大半是她写的。妙在众所周知，三国是男人戏居多，而王健老师偏是位女词人，却写得出如许豪气柔情，兼而有之的歌词来。

第一集桃园结义，《这一拜》，歌词是她写的。

       这一拜，春风得意遇知音，桃花也含笑映祭台。

       这一拜，报国安邦志慷慨，建功立业展雄才。

       这一拜，忠肝义胆，患难相随誓不分开。

       这一拜，生死不改，天地日月壮我情怀。

       长矛在手，刀剑生辉，看我弟兄，迎着烽烟大步来。

这一段气象慷慨，"桃园一日兄和弟，俎豆千秋帝与王"，都在这里了。台、才、开、怀、来，既押韵，又是张口音，志气豪迈。看过原著的自然记得，这段之后三兄弟投军报国。是歌词带动剧情，一路连贯的好。更妙在后来下邳城兄弟离散，关羽挂印封金千里走单骑，终于兄弟古城相会时，也是这一段当了片尾曲。"这一拜"，都在里头了。

赤兔马出场时，又一首《烈火雄风》。

       烈火卷雄风，红云映碧空。

       莽原好驰骋，烽烟天边涌。

       骐骥有良种，宝马待英雄。

       长驱疾如电，真堪托死生。

流霞寄壮志，沧海抒豪情。

明朝奋四蹄，敌阵立大功。

歌词有五言诗气度，既明白畅晓，又意象缤纷。只一处我小时候不懂，"真堪托死生"是啥？后来才知道，那是杜甫写马的诗："所向无空阔，真堪托死生。"现代歌词化用古诗，而自然入妙，莫此为甚。电视剧里这是吕布骑赤兔的一段奔驰 MV，歌词明写赤兔，实在也是写吕布当时跃跃欲试、渴望功名的劲头，是为吕布主题曲。

后来刘备携民渡江，有三首歌。一首《民得平安天下安》，又是古诗气度：

水滔滔，路漫漫，扶老携幼步履艰。

百姓何辜遭离乱，欲渡长河少行船。

民不弃我我难舍，瞻前顾后心怆然。

立大业，民为本，民得平安天下安。

风飒飒，路漫漫，扶剑昂首问苍天。

古来壮士多苦厄，鲲鹏何日得高旋。

臣子不能建基业，老去无颜对祖先。

民相随，志愈坚，不整乾坤心不甘。

马迟迟，路漫漫，暮云苍黄雁声寒。

汉武秋风辞意健，英雄何须叹华年。

得道多助功成就，愿见生民尽欢颜。

纵相别，挥手去，仁爱常存天地间。

这首算是刘备的主题歌。宽宏不忍，百折不挠，都出来了。"愿见生民尽欢颜"，简直有几分杜甫气象。

赵云有一首《当阳常志此心丹》：

虽未谱金兰，前生信有缘。

忠勇付汉室，情义比桃园。

匹马单枪出重围，英风锐气敌胆寒。

一袭征袍鲜血染，当阳常志此心丹。

子龙，子龙，世无双，五虎上将威名传。

这首比较简单，妙在对比罗贯中自己写的："血染征袍透甲红，当阳谁敢与争锋！古来冲阵扶危主，唯有常山赵子龙。"我觉得王健老师写得好像还好过罗贯中。这里有个细节，强调了赵云虽没桃园结义，但情感之密好似兄弟。民间戏曲时不常会让刘备直呼赵云四弟，甚至有赵云四千岁之称，老三国没这么腻歪，但剧里赵云也叫过张飞三哥。这里的"情义比桃园"，也算是加强巩固了家庭氛围。

王健老师其实还写了《豹头环眼好兄弟》，写张飞大闹长坂桥的，但剧里没放出来，因为之前刚播了赵云的《当阳常志此心丹》，有点密。

他来了，他来了，烟尘起处战马咆哮。

他来了，他来了，怒吼一声地动山摇。

丈八的蛇矛把敌阵扫，吓得曹兵夺路逃。

快语直肠好男儿，爱也英豪恨也英豪！

他来了，他来了，烈火霹雳卷起狂飙。

他来了，他来了，好似天神降临九霄。

英雄百战常请命，猛中有智立功劳。

豹头环眼好兄弟，哭也英豪笑也英豪！

这段要对比后面关羽单刀赴会的《江上行》，才有意思：

好江风，将这轻舟催送，波翻浪涌，添几分壮志豪情。

龙潭虎穴何足惧，剑戟丛中久鏖兵，非是俺藐群雄，一部春秋铭记。

义不负心泰山重，忠不顾死何言轻，桃园金兰誓，弟兄山海盟。

早把这七尺身躯青龙偃月，付与苍生。

张飞热血豪情，歌词就爽快直接，口语化。关羽熟读
《春秋》，歌词就文辞慷慨，还带点文绉绉呢。对比赵云的
质朴真诚，各有各的气象，很难得。再想想大哥的"汉武
秋风辞意健，英雄何须叹华年"，难以想象这真是出自一个
词人之手。

诸葛亮有两首主题歌。一首《哭诸葛》，是星落秋风五
丈原，蜀地缟素，情感比较激昂直接。

苍天啊，你为何急匆匆将他交与秋风，
大地啊，你为何急匆匆将他揽入怀中。
情愿以死换他的生，好率咱将士再出征。
鞠躬尽瘁谁能比？一生洁白谁人及？
苍天你太不公啊，大地你太绝情！
空留下八阵兵图和瑶琴。
蜀国将交付于何人？
生生痛死蜀人心！

另一首，就是人尽皆知的《有为歌》。

束发读诗书，修德兼修身。

仰观与俯察，韬略胸中存。

躬耕从未忘忧国，谁知热血在山林。

凤兮凤兮思高举，世乱时危久沉吟。

茅庐承三顾，促膝纵横论。

半生遇知己，蛰人感幸甚。

明朝携剑随君去，羽扇纶巾赴征程。

龙兮龙兮风云会，长啸一声舒怀襟。

归去归去来兮我夙愿，余年还作垅亩民。

清风明月入怀抱，猿鹤听我再抚琴。

天道常变易，运数杳难寻。

成败在人谋，一诺竭忠悃。

丈夫在世当有为，为民播下太平春。

　　这段歌词很长，情感也极复杂，实乃诸葛亮一生写照。

　　第一段，到"凤兮凤兮"为止，是诸葛亮身在乱世，隐居沉吟。"躬耕从未忘忧国"这句，化用陆游的"位卑未敢忘忧国"。第二段，是茅庐三顾，风云际会，要出山了。"半生遇知己"，是因为诸葛亮终年五十四岁，二十七岁出山。但这里提前说了归去来兮，"余年还作陇亩民"，这是原著就说的："身未升腾思退步，功成应忆去时言。只因先主丁宁后，星落秋风五丈原。"这首歌唱到这里，不同人有不同体会。初看三国的人，觉得军师出山，高兴啊。但熟知后来的人，自然听得出这段歌中的哀伤。"天道常变易，运数杳难寻。成败在人谋，一诺竭忠悃。"这四句，其实已伏下后来的知其不可而为之，鞠躬尽瘁死而后已。说是归去来兮，希望余年归隐，可是知道的人自然知道，猿鹤听他抚琴，这是最后一遭了。"卧龙虽得其主，不得其时"，都在这里了。初看三国的人，到《哭诸葛》时要哭了；熟三国的，只听这一句"一诺竭忠悃"，眼眶就要湿了。

大概这就是王健老师写歌词的妙处：不失古雅，却又因人而异。吕布与赤兔的跃跃欲试，刘备携民渡江的苦心仁义，赵云当阳长坂的赤胆，关羽单刀会的潇洒，诸葛亮出山时的欣慰与感叹，都写得淋漓尽致。

但这还不是最妙的。毕竟这几位本来就内涵卓著，最妙的却是将人物另行发掘出全新的焕然光彩——靠一点情节，和一首歌。《三国演义》原著里貂蝉的命运：答应王允施美人计，离间董卓吕布，凤仪亭事件，终于吕布刺董。小说里吕布刺董后，第一时间赶到郿坞，找了貂蝉。后来吕布被困下邳，还和貂蝉商量过呢，显然是貂蝉后来做了吕布的妾。至于下邳城破，吕布授首，貂蝉就不知所踪了。民间还有什么曹操赐貂蝉于关羽，关羽月下斩貂蝉之类，挺无聊的剧情。老三国电视剧这里的处理，绝妙到不可思议：先是董卓被刺，巨奸已灭，人民欢腾。镜头一转，青幽幽的镜头下，貂蝉入车远去，主题歌《貂蝉已随清风去》响起。

> 说什么郿坞春深全不晓天意人心，
>
> 受禅台反成了断头台。帝王梦何处寻？
>
> 远离了富贵繁嚣地，告别了龙争虎斗门。
>
> 辜负了锦绣年华，错过了豆蔻青春。
>
> 为报答司徒大义深恩，拼舍这如花似玉身。
>
> 从今后再不见儿的身影，也再不闻儿的声音。
>
> 貂蝉已随着那清风去，化作了一片白云！

歌词开头，从董卓之死，叹一句富贵功名如烟云。貂蝉舍身使计，报了王允的恩德，于是悄然远离。貂蝉已变一片白云，绝妙之极。比起什么随吕布去下邳、被关羽月下斩，这结尾可不是最美？像这里，是给了貂蝉一个好结局。

另一处才是真神来之笔。原著里，曹操取宛城，张绣投降，曹操纳了张绣的婶婶邹氏。邹氏要求去城外驻扎。张绣与贾诩定计，胡车儿偷了典韦铁戟，张绣发动突袭。典韦战死，曹操长子曹昂、侄子曹安民战死。曹操大败。这段戏份里，邹氏更像个美女间谍，但也没多少个性，更没她什么结局。电视剧里，这段突袭是在邹氏一首歌中演完的。歌词道：

我本飘零人，薄命历苦辛，
离乱得遇君，感君萍水恩。
君爱一时欢，烽烟作良辰，
含泪为君寿，酒痕掩征尘。
灯昏昏，帐深深，
浅浅斟，低低吟。
一霎欢欣，一霎温馨，
谁解琴中意，谁怜歌中人。
妾为失意女，君是得意臣，
君志在四海，妾敢望永亲。
薄酒岂真醉，君心非我心，
今宵共愉悦，明朝隔远津。
天下正扰攘，四野多逃奔，
须臾刀兵起，君恩何处寻。
生死在一瞬，荣耀等浮云，
当君凯旋归，能忆樽前人。
灯昏昏，帐深深，

君忘情，妾伤神。

一霎欢欣，一霎温馨，

明日洧水头，遗韵埋香魂。

在歌声里，典韦战死。曹操发现帐外大乱，起身怒视邹氏，片刻，转身出帐逃命了。真神来之笔。这段歌词古雅之极，与曹操后来祭袁绍"星光殷殷，其灿如言"一样，让人只想惊叹：这不是古诗原文吗？这段歌词把邹氏写活了，不提；妙在中国古诗里，常有忠臣以女子自况的套路。这首《洧水吟》，说是邹氏，可以；说是典韦，也行。曹操爱一时之欢，典韦以性命一战，报了曹操的知遇之恩。"明日洧水头，遗韵埋香魂。"埋的既是邹氏，也是典韦。

本来，《三国演义》是男儿戏。金戈铁马，运筹帷幄，奇谋妙算，风云变幻。但王健老师所写的歌词，也包括老三国电视剧里许多的细节，都没有站在成王败寇的角度，而是用一种更温柔、更感性的姿态，发掘每个角色身上的幽微处。比如在诸葛出山最昂扬时，伏下鞠躬尽瘁。在古城相会时，重提桃园结义。安排貂蝉化作白云，不必再扰攘于尘世。为邹氏与典韦合写了一首歌，与曹操永别。曹操祭袁绍墓，剧本给曹操提供了有血有肉的一面，他想到了每个战死的个体："此箭一发，却又引得多少壮士尸陈沙场，魂归西天。我曹操不受此箭，壮士安能招魂入土，夜枕青山！星光殷殷，其灿如言，不念此文，操安能以血补天哉！”这其实也是邹氏所唱的："生死在一瞬，荣耀等浮云，当君凯旋归，能忆樽前人。"

大历史视角常更在意"古今多少事"，而王健老师的歌词与老三国电视剧的视角，却是"长江有意化作泪，长江有情起歌声"。因为有情有意，所以对每个个体，有眼泪，有歌声。

三国气度：大时代中的个人命运

SANGUO QIDU: DASHIDAI ZHONG DE GEREN MINGYUN

图书在版编目 (CIP) 数据

三国气度：大时代中的个人命运 / 张佳玮著 .
桂林：广西师范大学出版社，2024.8. -- ISBN 978-7
-5598-7221-0

Ⅰ . I267.1

中国国家版本馆 CIP 数据核字第 20242YZ035 号

广西师范大学出版社出版发行

广西桂林市五里店路 9 号　邮政编码：541004
网址：http://www.bbtpress.com

出 版 人：黄轩庄

责任编辑：郑　伟

特约编辑：张旖旎

装帧设计：尚燕平

内文制作：张　佳

全国新华书店经销

发行热线：010-64284815

山东韵杰文化科技有限公司印刷

山东省淄博市桓台县桓台大道西首　邮政编码：256401

开本：850mm×1168mm　1/32

印张：9　　　字数：160 千

2024 年 8 月第 1 版　2024 年 8 月第 1 次印刷

定价：65.00 元

如发现印装质量问题，影响阅读，请与出版社发行部门联系调换。

广陵散

第一幕

"我等死战，奈何先降！"将士们的咆哮之声，夹杂着拔刀砍石之声，传到了帐内。

姜维 （抬起头来，看看成都来的敕使）陛下要我投戈放甲，就此降了钟会，是么？

承祚 是。

姜维 为何是你来？承祚，你是观阁令史，这事，不该你来的。

承祚 本该是张太常来，临时换了我。大概我素来与黄皓不和，陛下也看我不顺眼。我来了，若大将军你不肯降，一怒之下，就地要杀敕使，也是我活该。

姜维 成都怎么样了，你再说一遍。

承祚 （摸出身边的笔记，翻了翻）去年八月，司马昭令魏将邓艾、诸葛绪、钟会分三路前来，诸葛绪因阻你不住，被钟会问罪；钟会直逼剑阁……

姜维 这我知道了，我问的是成都。

承祚 邓艾过阴平小道，走江油，取涪城，破诸葛思远，兵临成都，于是谯周劝陛下降了。北地王不忿，自尽了。如今就是大将军孤悬在外，所以陛下命我降诏，请大将军投降。

姜维 （沉默片刻，递过一份文书）承祚，你读过书，替我看看这一段。

承祚 （翻开文书略看，朗朗读道）公侯以文武之德，怀迈世之略，功济巴汉，声畅华夏，远近莫不归名。每惟畴昔，尝同大化，吴札郑乔，能喻斯好。

姜维 你觉得怎样？

承祚 写得好，字也好。这是钟会劝降大将军的文书么？

姜维 是。不过我不问你文章写得好坏，只想问你吴札郑乔的典故。我不如你们精通书史，只知道大概。吴札就是吴国的季札吧？据说他不要王位，去郑国时，与子产交好，还告诫子产说，郑国国君无德，叮嘱子产要好好治国。可有这回事？

承祚 有的。

姜维 钟会拿我跟他，来比季札子产，那是什么意思？他是暗示我，要取了魏国权柄？（敕使怔住，低头又看一遍文书，姜维看看他）还有件事，据说钟会跟他麾下的杜预说，中原名士都不能过我，还拿我跟夏侯玄、诸葛诞比较。

承祚 这更怪了，司马师灭了夏侯玄一族，司马昭五年前在淮南平了诸葛诞。这两个名字在魏国颇犯忌讳，钟会却这般直白地说出来？

姜维 （看看敕使，目光一闪）你也觉得怪，是吗？

承祚 是啊。钟会这人，也真怪得很了……大将军，刚才这些话，我能记下来么？

姜维 是要记在你写的那本书里，是么？记下来吧。（看看帐外）也记下下面这句话：将士咸怒，拔刀斫石。

承祚 记下来了。

姜维 我们为人臣的，不能非议陛下。但若不记下这句话，就对不起将士们的忠心啊！

第二幕

钟会 伯约，你来迟了。

姜维 （看着小自己二十多岁的钟会，一脸勉力要装老成的样子，叹了口气，流下眼泪）我这时来降，已经算来得快了。

钟会 （望望姜维的脸色，收起老气横秋的表情，挥手屏退左右）伯约，你这是何意？

姜维 钟将军劝降书的意思过于隐约，我又是个老顽固；若非参透了将军蓄谋要反魏国，我此刻还在固守呢。

钟会 （笑）我以为伯约文武全才，那封文书，该一读就懂才是。

姜维 我只有一事不明，请钟将军赐教。

钟会 你说。

姜维 钟将军是司马昭亲信，当世子房，平淮南名动天下，如今又率军平了蜀地，眼看着功高盖世，位极人臣，何以要反？

钟会 （轻轻挠了挠鼻尖）伯约，你可知我父亲是什么人？

姜维 故曹魏太傅，钟繇。

钟会 你可知我父亲当年的功勋？

姜维 护帝东奔，镇抚关中，位列三公。

钟会 是啊。可是当年我父亲镇的关中，被魏武借平马韩之时，尽行收了；举荐我父亲的荀令君，在寿春服了毒。我自小就知道，为人臣者，必不能长久。我父亲到得晚年，因为去跟王朗争论肉刑的是非，便惹祸上身。你可知道，如今晋公夫人王氏元姬，正是王朗的孙女，私下里没少吹枕头风，说我久后必反。

姜维 被朝中人忌惮，背后说些是非，总是难免的。（念及自己，忍不住叹了口气）

钟会 所以我从一开始，便存下自立之心，如此方能不必战战兢兢，汗不敢出。加之，后来，我又遇到了《广陵散》。

姜维 《广陵散》？

钟会 伯约也知道这件事么？

姜维 我有过耳闻，几年前了吧？曹魏的名士嵇康嵇叔夜，被司马昭杀了。临刑之前，弹琴一曲，还道：《广陵散》从此绝矣。（心道：我听闻，是你劝司马昭杀的嵇康。）

钟会 嵇叔夜，是我劝晋公杀的。（姜维一声不作）我当年去拜见过嵇叔夜，那时节他正在打铁。我远远看他，他并不理会我。待我走时，他问我：何所闻而来，何所见而去？我回答：闻所闻而来，见所见而去。嵇叔夜的意思，我已明白了。他是当世大才，却甘愿打铁，那是以柔克刚，以弱抗强，一意要与司马家斗到底。他所撰的《管蔡论》，他与山巨源绝交，明明白白是讥刺晋公秉政的。当是时也，那简直是在求死。以他如此聪明之人，尽可以躲个清净，却又何以如此？（姜维看着钟会，等他给答案）《广陵散》这首曲子，本来是《聂政刺韩王》。这个，伯约知道吧？

姜维 （谨慎地点点头）我略有耳闻。

钟会 聂政是名垂竹帛的刺客。当年刺杀韩相后，自毁面目，自屠出肠而死，只为不被人识。其实太史公《刺客列传》中诸位刺客，莫不如此。荆轲献樊於期首级得见秦王，豫让漆身吞炭行刺赵襄子。至如聂政刺韩相后割面削目，都是如此：非自毁面目，无法成功行刺。嵇叔夜的《广陵散》即聂政刺韩王，就是这个意思了。我须得涂抹了面目，献计杀了嵇叔夜，中原名士无不恨我入骨，晋公才能信我，才能托付大军于我。嵇叔夜知道我的意思，我知道嵇叔夜的意思。所以嵇叔夜死前，提一句《广陵散》，那是给我听的。

姜维　（沉默片刻）所以，钟将军出卖了嵇康，斩杀了他，从此与名士们一刀两断，得到了司马昭的信任，得以引大军出征？

钟会　是。

姜维　然后你借机收了诸葛绪的军马，也是为了这个？

钟会　是。

姜维　接下来呢？为了大计，你势必要收斩邓艾了？

钟会　是。随后我便预备以西川为家，反击晋公。成，可得天下；败，不失为刘备。

姜维　那倘若真的事败呢？

钟会　（惨然笑了笑，怀中摸出一个小盒子来，放在姜维面前）这是我当日随晋公攻取寿春时，在荀令君旧邸找到的。

姜维　这是何物？

钟会　五十一年前，魏武寄给荀令君一个空盒子，荀令君就此饮药自尽。那药留下了一瓶，就在此盒之中。据说服下立死，了无痛苦，全无痕迹。

姜维　（拿起盒子，端详片刻）你是预备大事不成，便自尽么？

钟会　是啊，成王败寇，便是如此。我将这盒子放在身边，也是时时告诫自己，身处乱世，便是时刻有性命之忧，千万不可轻忽了。成王败寇，我也没什么不甘心的。

姜维　（放下盒子）既然钟将军盘算如此周密，献嵇康，绝名士，统大军，擒诸葛绪，平定蜀地，眼看成功在即，为何还要跟我说这些？

钟会　（看定了姜维，叹了口气）一来是，当日自嵇叔夜死后，中原名士无不恨我，我也无法剖白。这些秘密藏在心里久了，总想找个人说说。二来，我料伯约你也是功名之士，大可以推心置腹。如今汉室已覆，四海并无你容身之处，何不跟我一起，做个亡命之徒？我猜你心中对司马昭的怨恨，从未有片刻释怀吧？如今我们同仇敌忾，何不将你这有用之身，借我一用呢？

姜维　（看了看帐外，冬日的蜀地天空，良久良久）我有三个条件。

钟会　你说。

姜维　一，为表诚意，你去擒了邓艾。

钟会　这是自然。邓艾本来便是我第一个要除掉的。

姜维　二，起事成功之前，送我旧主刘禅离开成都。你这番大乱，定然兵连祸结，我只望我主无恙。日后若大事成功，当以高官厚爵待他。

钟会　你是怕成都兵乱，祸及你旧主么？也好。反正晋公要他，我就势送他去汉中，也是顺理成章。我答应你了。

姜维　三，这盒毒药，我要了。

钟会　为何？

姜维　（凄然一笑）我年过六十，在蜀地本就仇人众多；如今成了贰臣，更是人人欲杀我而后快。到哪一日临危之时，可以借此药自尽，以免再受辱。不好么？

钟会　好。我答应你了。

姜维　（下拜）姜维见过主公。从此愿尽心竭力，奉主成功。若有异心，当被乱刃剖心而死。

钟会 （喜笑颜开）伯约，你言重啦！那咱们即刻就来琢磨琢磨，如何处置了邓艾。

第三幕

刘禅 （听见门响，抬头看）啊！大将军？

姜维 陛下，臣来辞行。（回头吩咐）承祚，进来关上门。陛下，时候不多，臣长话短说。臣已诈降了钟会，亲身留成都，换得陛下平安，不日即将离开成都，前赴汉中。愿陛下忍数日之辱，臣欲使社稷危而复安，日月幽而复明。

刘禅 哦。那，朕，哦不，我，是要被解去洛阳了么？

姜维 未必。臣与钟会正要处置了邓艾，以报灭国之仇。此后，钟会意图起兵兴乱。臣思谋在钟会起兵之际，乘隙袭杀了他，复夺成都，届时再迎陛下归来。

刘禅 钟会怎会要起兵呢？他不是魏将么？

姜维 陛下，此事说来话长，就由承祚陪你去汉中路上，一路陈说清楚吧。臣此计若成，则汉朝社稷危而复安；若计不成，臣受陛下与丞相厚恩，自然殒身不恤，以死报陛下与丞相，自不待言；只是陛下则不免受辱于晋廷。倘臣计不成，陛下再辱，皆臣之过，死有余辜。待臣死之后，陛下不可对臣存丝毫怜惜之态，则司马昭必不再疑陛下，庶几可保刘氏一脉平安。（回头对敕使说）承祚，你也不可写我诈降之事，只将我写成贰臣便了。这诈降之事，都是我一力担当，万万不可将陛下牵连在内。（敕使点了点头，刘禅还在发呆）若陛下不肯为阶下囚，臣有奇药，可保陛下义不再辱。此事凶多吉少，臣今日一别，未必能再见陛下。惟愿陛下康健平安，罪臣姜维，就此拜别陛下。

姜维下拜，叩首，起身，放下药瓶，出门而去。刘禅呆呆地看他背影，又回头看了看留在房间里发呆的敕使，嗯了一声，又垂下了头。

第四幕

开春了，车驾北上。刘禅看着窗外，山形起伏。这就是成都之外啊，想想自己来成都时还是孩子，再出成都，快五十年了。

刘禅　那是座什么桥啊？

承祚　陛下，那是丞相当年送别费文伟的桥。费文伟万里东行，去与吴国和盟。

刘禅　好漂亮的一处林子啊！

承祚　陛下，那是丞相的产业。丞相上书所言，家产中的八百株桑，十五顷田，就是那里了。

刘禅　这馆舍建得结实啊，新建的吗？

承祚　陛下，这馆舍有四十年了，是丞相在日所建。丞相说，小国贤才少，故欲其尊严也。田畴辟，仓廪实，器械利，蓄积饶，本立故末治。事情见于微末，勿因善小而不为。这是先帝吩咐陛下的话，丞相自己也一刻不敢忘记。

刘禅 承祚，大将军呢？

承祚 陛下，悄声。大将军与钟会擒了邓艾，欲待起事，未能成功，一起战死了。据说大将军被魏军乱刀剖腹，胆大如鸡卵。如今成都大乱，关家都被灭了门。目下看来，先前大将军送陛下离开成都，实乃上策，可惜了大将军，可惜了大将军……唉。

刘禅 承祚，谯周呢？他先前不是说，只要我降了，他就要去跟司马昭分辩，让司马昭裂土封王么？

承祚 陛下，谯周推说自己生病，留在汉中了。

刘禅 承祚，大将军要你跟我说《广陵散》的事，你跟我说说吧。

承祚 啊，是这样，如此如此如此如此……

刘禅 啊，钟会为了反刺司马昭，肯如此隐忍么？

承祚 唉，陛下，其实大将军吞声忍辱，屈身侍钟会，又何尝不隐忍？丞相按下白帝之恨，与孙权和盟，又何尝不隐忍？甚至，甚至先帝奔走天下，寄人篱下，隐忍到六十一岁终成帝业……唉，臣，臣失言了。（刘禅不再说话，从袖中掏出姜维给的药，发了一会儿呆）陛下，臣对这药很是好奇，早闻荀彧以忧薨，又听说是服毒而死。大将军说荀彧是服这药死的，臣想端详端详。

刘禅 那就给你吧，我答应大将军要善保平安，一时半会儿，却也不想自尽。（把药递了出去，陷入沉思）

就这样，路过了诸葛亮屯过粮的赤岸，路过了诸葛亮屯过田的渭滨，路过了诸葛亮逝世的五丈原，路过了诸葛亮总想去却去不到的长安，刘禅终于到了洛阳。

刘禅　这就是洛阳了啊。

承祚　是，陛下。据说先帝在这里就过学，魏武在这里设过五色棒。

刘禅　承祚，相父是不是写过一句，"还于旧都"？

承祚　是，陛下。那是三十七年前，《出师表》中的句子。

刘禅　好吧。我如今到了旧都，怕是得去见司马昭了吧？

第五幕

于是，又一年过去了。

承祚　啊，陛下远来，臣有失迎迓。

刘禅　别叫我陛下啦，司马昭封我做安乐公，这也一年了。承祚，我听说罗宪推举了你，是么？

承祚　是。

刘禅　那你是要离开洛阳啦？

承祚　是。

刘禅　你这一走，洛阳剩下的故人，就又少了一个……你写的那本书，如何了？

承祚　尚未写完。但写到先帝、丞相、大将军、关壮缪、张车骑、马骠骑、赵征南的那些，臣都给陛下读过了。

刘禅　我也是读了你写的那些，方知我父亲与丞相他们创业之艰难，方知丞相为什么要跟我说危急存亡之秋。只是我看曹魏开国，那也是艰难之极，一路坚忍，也难怪嵇叔夜宁死也不服。唉，好一个《广陵散》。

承祚 陛下的意思……

刘禅 没什么。明日司马昭召我饮宴。你将去年大将军给我的那瓶药，还了给我。

承祚 陛下，陛下不可！过去这一年，司马昭虽然无礼，但陛下也忍过来了。虽然天子义不受辱，但是，但是……

刘禅 我答允你，我不会自尽的。（苦笑）我这么个没出息的人，还有谁信我会自尽么？

承祚 陛下……

刘禅 给我药吧，我答允你，明日之后，我还要来给你送行的。

第六幕

司马昭看着刘禅，看着刘禅脸上荡漾的，沉溺于饮宴歌舞的、温柔甜美的微笑，仿佛一个幸福的孩子。有时一恍惚，司马昭会忘记对方还比自己大四岁。按照司马昭的吩咐，宴席间奏起了蜀地的音乐。司马昭专心观察着刘禅的表情：他身边的人无不下泪，但刘禅不为所动。再看仔细些，司马昭告诫自己。他听父亲说过，当年喜怒不形于色的刘玄德，与魏武也曾经煮酒论英雄，被惊吓了，掉了筷子，还能把场面圆回来。再看仔细些吧。

司马昭 安乐公，颇思蜀否？

刘禅似乎没听到，喝酒，手和着音乐打拍子。司马昭吸了口气，调整了一下音量，用尽量自然，仿佛真的是聊天的声音，再问了一遍。

司马昭　安乐公，颇思蜀否？

刘禅　（回过头来，自然而然、不假思索、仿佛饮酒入喉那样流畅地回答）此间乐，不思蜀也！

宴席间有人窃笑。司马昭用尽可能不流露锋芒的眼神注视着刘禅。自己的父亲是司马懿，装病骗了曹爽的司马懿。自己的哥哥是司马师，疼死了也不喊的司马师。自己见识过了钟会这样的狡诈之徒，平三叛，灭蜀汉，天下有什么看不清楚的？司马昭看着刘禅，什么都没看出来。他回头看看贾充，贾充用极细微的动作点了点头。嗯，放心了。

刘禅　（有点醉了，说的话也颠三倒四，斟酒的手也不稳了）臣得晋王荫庇，得享无上喜乐，幸甚至哉。臣请为晋王寿。

他斟来的这杯酒，喝不喝呢？司马昭正在寻思，忽然殿外一声惊雷，刘禅手一颤身一抖，大半杯酒倒泼在自己面上口中。群臣哈哈大笑。刘禅尴尬地又斟满了酒，端到司马昭面前，一脸渴望地看着司马昭，在等他给自己掩饰这份尴尬。

司马昭　大丈夫亦畏雷乎？

刘禅　（战战兢兢）臣胆小，臣听不得雷……

反正刚才斟的第一杯酒，半杯都进了他自己的嘴，看来也无事；第二杯手忙脚乱斟的，谅他也玩不出什么花样。司马昭接过了酒杯，一饮而尽。

刘禅 （笑得像个想讨好父母的孩子）谢晋王，谢晋王……

宴席散了。司马昭心情愉快，不要近随，就自己信步而回。平蜀汉也一年了，钟会、邓艾与姜维也死了，自己也是晋王了，郭太后也去世了。一切终于要尘埃落定了。父亲、兄长与自己十六年前孤注一掷的赌博，眼看要成功了。真是完美。就是大儿子的二儿子司马衷好像有点笨，做祖父的人，难免要操点心……算了算了，那是儿子自己的事。司马昭在廊上，忽然听得有琴声，随即一阵头晕。哦，是元姬谱的新曲么？不是的。是什么曲子？从前没有听过啊，可是又似乎极耳熟。司马昭的心口疼了起来，呼吸困难，眼前发黑，没来由的一段忧思袭来。他想整理一下思绪，但再也整理不动了。

第七幕

刘禅　晋王薨了，所以忙乱了几天，但我答应过要来送你走，承祚。你看，我来啦。

承祚　陛下，司马昭他……陛下你……

刘禅　早说了，我不是陛下，我只是大魏的安乐公。以后如果改朝换代，大概就是大晋的安乐公了吧。

承祚 那瓶毒药呢？

刘禅 我自然是丢了。那是大将军给我的，大将军是敌国叛逆，他给的东西，我怎么能留在身边？

承祚 陛下，臣有愧，臣不知道陛下……

刘禅 我说了，我不是陛下了。你离开洛阳后，我们不知何日再见。希望我还有机会读到你写的书。读不到的话，也就罢了。我只有一个心愿。

承祚 陛下请说。

刘禅 （望望天际浮云，良久良久）你要将先帝，与丞相，与赵征南、关壮缪、张车骑，与大将军，举凡他们的英雄事迹，再言简意赅也好，总要写得能流传后世。你写我时，不必留丝毫情面，当刺则刺。要让后世知道，我汉朝之亡，非关先帝，非关丞相，实在是我一人之过。

承祚 陛下，其实，倘若司马昭之死，真是陛下……那，陛下终究也不失血性，大可不必……

刘禅 你还记得大将军的话么？

承祚 啊？

刘禅 《广陵散》啊。

承祚 嗯，这是……

刘禅 聂政刺韩相后，自涂面目，希望隐却姓名。钟会献杀嵇康，自涂面目，得掌兵权，成就《广陵散》之计。大将军为了我的平安，自涂面目，诈降钟会，不许你直书他诈降之事。我这条劫后余生的性命，赵征南当年在当阳浴血救回来的，丞相将我扶起来的，大将军自己诈降换回来的，如今我苟且偷生于敌国，又有什么脸面自诩豪烈？我在史书上，老老实实当个昏君，算

是我对先帝，对丞相，对大将军，对赵征南，对关壮缪和张车
骑，最后谢罪了吧。

承祚　臣明白了。

刘禅　去吧。三国已成往事，都是我的过错。千秋之下，大家笑我骂
我便是。这功过是非，都有赖你了，承祚。

承祚　是。臣，汉观阁令史，陈寿，拜别陛下。

　　按：陈寿所撰《三国志·姜维传》中，从头到尾，未写姜维诈降
之事。直到后来裴松之注引《汉晋春秋》《华阳国志》等，姜维诈降
钟会以图复兴汉室，才昭然天下。刘禅的乐不思蜀故事，同样出在
《汉晋春秋》。即，终陈寿与刘禅有生之年，对刘禅归晋、姜维殉死
之事，始终语焉不详。

　　本文当然纯属虚构。当然或多或少，夹杂着我一厢情愿（当然不
太会是真的）的个人希望。